「凄い、映像で見た白熊が目の前にいる！」
私達の前に現れたのは、
全長5メートルは
あろうかという
白熊だった。
ゲーム初心者の真里姉が行く
VRMMO
のんびり?体験記 2
Game syoshinsya no marinee ga iku vrmmo nonbiri taikenki
Mebius World Online

クーガー
全長5mの熊のぬいぐるみ。各生産職の総力を結集してついに誕生したマリアの新たな家族。
マリア＆ネロ
見た目は幼いけれどもしっかりしているゲーム初心者お姉ちゃん。猫のぬいぐるみのネロと一緒に楽しくゲームをプレイ中♪

カンナ
見た目は女性だけれども生物学的には男な"木工連盟"の長。回復や状態異常を治癒する司祭という上位職に就いている。
ルレット
"裁縫連盟"の長でおっとり口調のお姉さん。ゲーム初心者のマリアを気にかけている。
マレウス
守りに秀でた重装騎士にして"鍛冶連盟"の長。カンナとはよく喧嘩をしているが仲はいい。

「怒羅鳴呼呼呼呼呼呼《どらああああああああ》ッ!!」
クーガーと一緒に突破した跡を、
よく見慣れたはずの女性が
一人、駆けている。
徒歩でありながらその速さは異常で、
私達と距離がそれ程
離れていないことに驚いた。

ゲーム初心者の真里姉が行く
VRMMOのんびり?体験記
2
Game syoshinsya no marinee ga iku vrmmo nonbiri taikenki
Mebius World Online
風雲 空
illustration 藻

口絵・本文イラスト　藻

CONTENTS

Game syoshinsya no marinee ga iku

vrmmo nonbiri taikenki

第一章▼▼真里姉とイベント前の一時

深夜にも拘《かか》わらず、あまりにも煩《うるさ》かった真人《まさと》に懇々《こんこん》とお説教をした私は、最後は体力の限界を迎《むか》え意識を失ったらしい。

目覚めた時、珍《めず》しく真人だけでなく真希《まき》も一緒《いっしょ》にいたので変に思っていたら、そのことを聞かされ悶絶《もんぜつ》した。

更《さら》に追い討《う》ちをかけたのが、意識を失った私をベッドまで運んでくれたのが他《ほか》ならぬ真人で、朝までずっと側にいてくれたことだ。

居《い》た堪《たま》れずその場から逃げ出したいと思ったけれど、満足に動けない私にはできるはずもなく。

穴があったら入りたいって、こんな気分なのかな……。

結果、その日はいつもより遅《おそ》い朝食となったのだけれど、私を抱《だ》きかかえリビングへ移動する真人は、普段と変わらない様子だった。

いっそ文句の一つでも言ってくれれば……と思いかけて、反省。

それは私が楽になりたいだけの、自分勝手な期待だ。

やっぱり素直《すなお》に謝《あやま》ろう……。

決心し口を開こうとしたら、真人はなぜか、微笑《ほほえ》ましそうな目で私を見ていた。

並んで歩く真希も、にこやかな顔をしている。

おかしい、お姉ちゃんらしくないところを見せたはずなのに…………。

二人の雰囲気《ふんいき》に呑《の》まれ、私は謝る機会を完全に逸《いっ》してしまった。


朝食をとり日課のリハビリをこなした後は、しばらく自由時間となった。

これまでは読書や動画を見て過ごしていたけれど、最近はＭＷＯにログインすることが多い。

体を自由に動かせる喜びは他では味わえないし、ＭＷＯでしか会えない人達《ひとたち》もできたからね。

今日は何をしようかと考えながら、私はブラインドサークレットを装着し、ＭＷＯの世界へログインした。


――――

ログインして直ぐ、満腹度が減っていることに気付き煮込《にこ》みハンバーグを食べたけれど、その数は残り僅《わず》かになっていた。

携帯食《けいたいしょく》として食べただけでなく、ルレットさんやライルにも渡《わた》したからなあ。

「そろそろ補充《ほじゅう》するとして、何を作ろう」

煮込みハンバーグは作り慣れていたから、次は現実で作ったことが無い料理に挑戦《ちょうせん》してみたい。

遊び心がある料理だと、なお良いね。

考えながらアイテムボックスを確認していたら、私はある物を見付け思わず眉《まゆ》を顰《ひそ》めた。

そこにあったのは、大量の【ゴブリンの耳《みみ》】。

一つの枠《わく》の中に重ねられているおかげで、アイテムボックスが【ゴブリンの耳】で溢《あふ》れ返ることはなかったけれど、アイコンが妙《みょう》にリアルで気持ち悪い。

やっぱりこれ、嫌《いや》がらせだよね？

「入れたままにしておきたくないし、冒険者《ぼうけんしゃ》ギルドで引き取ってもらおう」

寝台《しんだい》の藁《わら》を毛皮に替《か》えてくれたエステルさんにお礼を言い、私は真《ま》っ直ぐ冒険者ギルドへ向かった。

冒険者ギルドに入ると、復活したアレンさんが良い笑顔《えがお》で冒険者に対応していた。

どうやら狙《ねら》い通り、エステルさんと子供達で作った料理が効いたみたいだね。

目の前の冒険者の対応が終わったのを見計らい、アレンさんに挨拶《あいさつ》する。

「こんにちは、アレンさん」

「こん……」

反射的に挨拶を口にしながら、私を見た瞬間《しゅんかん》アレンさんの口から続きの言葉が止まった。

そしてさっきまで浮かべていた笑顔が、驚愕《きょうがく》と恐怖《きょうふ》に塗《ぬ》り潰《つぶ》されていく。

さすがにその反応は傷付きますよ？

「アレンさん、こんにちは」

二度目の挨拶を、私は逆に笑顔で。

「マ、マリアちゃん⁉　その笑顔、今度は何？　何を獲《と》ってきたんだっ⁉」

むしろ警戒《けいかい》されてしまった。

「失敬《しっけい》な。何も獲ってきてなんか……いないですよ？」

「ほら！　絶対怪《あや》しいやつじゃないか‼」

壁《かべ》に立て掛《か》けてあった冒険者用の大きな盾《たて》を構え、その裏からアレンさんが私の一挙手《いっきょしゅ》一投足《いっとうそく》を注視している。

以前捕縛《ほばく》状態のブラックウルフを大量に出し怒《おこ》られたので、今回は【ゴブリンの耳】を一つだけ取り出し、アレンさんに見せた。

「これが大量にあるんですけれど、引き取り可能ですか？」

「……それ、ただのゴブリンの耳だよね？」

「疑《うたぐ》り深《ぶか》いですね。これは〝試《ため》しの森《もり》〟の先に出る、ただのゴブリン達の耳ですよ」

「……それなら討伐《とうばつ》証明品だから、中央カウンターに出して欲《ほ》しい」

「素材にはならないんですか？」

「ならないよ。というより、活用できる物が何も無いんだ。おまけにゴブリン自体、汚《きたな》く て臭《くさ》いし。だからギルドも本音では放置したいけど、人を襲《おそ》うから討伐しないわけにもいかなくてね。その討伐証明がゴブリンの耳で、これにはそれ以外の価値が無いんだよ」

そこまで嫌《きら》われるモンスターというのも、なかなかいないのでは……あっ、昔の家でよく見掛けた、黒光りするアレと一緒か。

そう考えたら、アレンさんの反応も納得《なっとく》だね。

となると、ほんの出来心で獲ってしまったこれはどうしよう……。

試しにカウンターの上へ出したのは、捕縛状態のゴブリンソルジャー。

目にした瞬間、凄《すご》く嫌そうな顔をするアレンさん。

引き取りをお願いしたらアレンさんから更に警戒されそうだったので、私はゴブリンソルジャーをアイテムボックスに戻《もど》し、中央カウンターへ移動した。

中央カウンターは相変わらず混雑しており、複数の受付嬢《うけつけじょう》の前に多くの男性冒険者が列をなしている。列の長さには明らかな偏《かたよ》りがあり、ぱっと見受付嬢の容姿に比例しているように思えた。

数は少ないけれど、男性で受付をしている人もいて、そちらには女性冒険者が多く並んでいる。

どうせ接客されるなら、綺麗《きれい》な女性や格好の良い男性に相手をしてもらいたいと思うのは、自然だろうね。

私は仕事が丁寧《ていねい》で早い人なら、誰《だれ》でもいいのだけれど。

ということで、並んでいる人が一番少ない列の後ろに行くと、大して待つこと無く私の番になった。

カウンターには他の受付嬢より若そうな、頬《ほお》にそばかすのある吊《つ》り目気味の女性が立っていた。胸元《むなもと》のネームプレートには『レジーナ』と書かれている。

「討伐報告なら物を出して」

開口一番、飛んできたのは挨拶ではなく要求。しかも接客業とは思えない言葉遣《ことばづか》い。

見た目も相俟《あいま》って、学校で素行が悪いと言われていた子を思い出す。

「これをお願いします」

私は言われた通り、一気に討伐証明品を取り出した。

積み上がる【ゴブリンの耳】の山。

隣《となり》のカウンターのお姉さんが『ひっ』と悲鳴をあげたけれど、気にしない。

一方、レジーナさんは動揺《どうよう》することなく淡々《たんたん》と処理し始めていた。

【ゴブリンの耳】は見た目だけでなく匂《にお》いも酷《ひど》いのに、忌避《きひ》する感じは見られない。

そこに彼女《かのじょ》の仕事に対する姿勢が感じられ、私は良い印象を持った。

物の五分で確認《かくにん》作業を終え、レジーナさんがカウンターと手を清めながら、査定結果を伝えてくる。

「ゴブリンの耳百二十四個。一個五百Gで、報酬《ほうしゅう》は六万二千G」

計算も早くて正確だね。

「ありがとうございました」

私は報酬を受け取りその場を離《はな》れようとしたら、レジーナさんに声を掛けられた。

「冒険者ギルドを出て大通りを東に歩いて十分。〝魔女《まじょ》の道具屋《どうぐや》〟という店をやっている婆《ばあ》さんなら、生のゴブリンを買うかもね」

振《ふ》り返ると、レジーナさんは既《すで》に次の冒険者の接客に入っており、視線が合うことは無かった。

私の顔、きっと今にやけているんだろうな。

悪ぶっている子が、捨てられた子猫《こねこ》を世話している場面でも見た気分だよ。

ほっこりしながら、私は冒険者ギルドを後にした。

ちなみに教えてもらった〝魔女の道具屋〟では、これぞ怪しい魔女という感じのお婆さんが現れ、あっさり捕縛状態のゴブリンソルジャーを引き取ってくれた。

引き取る際『これで毒……いや薬の生体実験……効能を確かめられる』と呟《つぶや》いていたけれど、隠《かく》す気があるならちゃんと隠しましょうね。

何より、報酬として貰ったのがGではなく【毒薬《どくやく》】って……。

お婆さんが店の奥《おく》へ戻る際、ゴブリンソルジャーの目が『タスケテ』と訴《うった》えていた気がするけれど、私はすっと視線を逸《そ》らし、その行く末に少しだけ同情した。

思いがけず【毒薬】なるアイテムを手に入れてしまったけれど、無事【ゴブリンの耳】をアイテムボックスから一掃《いっそう》することができた。

その際気付いたのが、【フォレストディアの肉塊《にくかい》】の存在。

ディアというからには鹿《しか》なわけで、現実だと猪《いのしし》に並びジビエ料理の食材として有名。

もっとも、私は現実で扱《あつか》ったことも食べたことも無いのだけれど。

「これは次の料理のメイン食材として、打って付けじゃないかな」

食材は決まったとして、調理法はどうしよう……そういえば、燻製《くんせい》にすると美味《おい》しいと教えてもらったような気がする。

早速《さっそく》外部サイトを開きレシピを調べてみると、結構手間が掛かりそうだった。

「でも試したことの無い調理法だし、何より面白《おもしろ》そう」

燻製に使う木のチップはクルミも使えると書かれており、私はちょうど【クルミの木《もく》材《ざい》】を持っている。

これはもう、作るしかないよね。

「他に必要な食材は買えるからいいとして、問題は燻製に使う道具だなあ」

燻煙する際、板で適当に囲ってもできそうだけれど、せっかくならちゃんとした道具で作りたい。

それに、煙《けむり》が住人の方の迷惑《めいわく》になるかもしれないしね。

悩《なや》んだ末、私は料理の師匠《ししょう》であるバネッサさんを訪ねるべく、【兎《うさぎ》の尻尾《しっぽ》亭《てい》】へ向かうことにした。

久しぶりに訪《おとず》れた【兎の尻尾亭】は、食事時でもないのにとても混んでいた。

給仕《きゅうじ》のお姉さんは笑顔も忘れ、お客さんと調理場の間を引っ切り無しに行き来している。

混む理由が分からず首を傾《かし》げていると、漂《ただよ》う油の匂いに気付いた。

更に、どのお客さんも食べる際〝パリッ〟という音を発している。

「ひょっとして……」

お客さんが食べている料理を覗《のぞ》くと、そこには山盛りのポテトチップスがあった。

「えっ？　ここにいるお客さん、皆《みんな》ポテトチップスを食べに来ているの⁇」

ハンバーガーと一緒にポテトも、というのは現実ではよくある光景だけれど、フライドポテトだけを食べにお客さんが大勢来るって、そうないと思うんだ。

提供しているのがフライドポテトではなく、ポテトチップスなら尚《なお》のこと。

呆然《ぼうぜん》としていると、私の前を駆けていったはずの給仕のお姉さんが、見事なターンを決め戻ってきた。

「あなたはマリアさんですね？　そうに違《ちが》いないですね⁉」

聞いているのか断言しているのか分からないけれど、どうして私の腕《うで》を掴《つか》むのかな？

しかもその手には『決して離さない』という、強い意志が感じられた。

私のＳＴＲは死亡しているけれど、それにしてもこのお姉さん、力が強過ぎでは……。

ＨＰが減っているんじゃないかと、思わず確認してしまったよ。

そんなことを心配しているうちに、私はお姉さんに腕を掴まれたまま、店の奥にある調理場へと連行された。

連れて行かれた調理場は、控《ひか》えめに言って地獄《じごく》だった。

油の跳《は》ねる音に、ジャガイモを切る包丁の音。

そして作られる料理の早さに比べ、明らかに追い付いていない食器を洗う音。

手首を押《お》さえ調理場の隅《すみ》に座《すわ》り込んでいる人は、包丁の使い過ぎによる腱鞘炎《けんしょうえん》だろうか

……見れば、火傷《やけど》をしてポーションを掛けている人もいた。

地獄と言ったけれど、むしろ戦場？

負傷した人達がいる調理場の隅は、野戦病院といったところかな。

残念ながら衛生兵は見当たらないため、自分で対処する必要がありそうだけれど。

そんな中、鬼気迫る勢いでポテトチップスを作っているのが、バネッサさんだった。

「バネッサさん！　マリアさんを捕《つか》まえてきました!!」

ちょっと、人を犯罪者みたいに言わないで！

「なんだって!?　でかした、お前さん今日の給金は倍だ!!」

お姉さんに揚《あ》げたてのポテトチップスを渡し、バネッサさんが私に向き直る。

その目は、見事に据《す》わっていた。

「さてマリア。見ての通りうちの店は今、てんてこ舞《ま》いだ。マリアが教えてくれた料理のせいだと言うつもりはこれ～～っぽっちもないが、料理を教えた師匠が困っているのを、弟子《でし》が見過ごすなんてことは有り得ないね？」

私の意思を確認しているようで、実質拒否権《きょひけん》の無い命令ですよね⁉

と思っていたら通知が飛んできた。

『クエスト、〝ブラックな仕事〟が発生しました。クエストを受けますね？』

通知の言い回しが微妙《びみょう》に違っているだけでなく、どうして選択肢《せんたくし》が『はい』と『Yes』しかないの‼

もうやだ……。

「作るのはポテトチップスのみ。マリアにとっちゃ、簡単だろう？」

「難しくはないですけれど……あの、どれくらい作ればいいんですか？」

「聞きたいかい？」

不敵《ふてき》な笑《え》みに背筋が震《ふる》えた。

これ、聞いたら心が折れるやつだね…………。

「やっぱりいいです」

「そいつは重畳《ちようじよう》だ」

さよならジャーキー。

こんにちはポテトチップス。

できれば、こういう形での再会はしたくなかったよ。

私は諦《あきら》めと共に、選択《せんたく》させる気のない選択肢に触《ふ》れた……。


それからの数時間、私の記憶《きおく》は曖昧《あいまい》だ。

けれど耳にこびり付いて離れない、三つの音。

包丁の鳴る音と、油の跳ねる音と、食器や食材を洗う音。

あれ？　私何しに来たんだっけ⁇

（マリア：マリオネーターLv16）
STR1　VIT4　AGI6　DEX59　INT4　MID18
（スキル：スキルポイント+26）

【操糸《そうし》】Ｌｖ14→Ｌｖ15　【供儡《くぐつ》】Ｌｖ７→Ｌｖ７　【クラウン】Ｌｖ10→Ｌｖ10
【捕縛《ほばく》】Ｌｖ５→Ｌｖ５　【料理《りょうり》】Ｌｖ７→Ｌｖ10　【下拵え《したごしら》】Ｌｖ２→Ｌｖ６
【促進《そくしん》】Ｌｖ３→Ｌｖ３　【暗視《あんし》】Ｌｖ３→Ｌｖ３　【瞑想《めいそう》】Ｌｖ３→Ｌｖ４
【視覚強化《しかくきょうか》】Ｌｖ２→Ｌｖ２　【聴覚強化《ちょうかくきょうか》】Ｌｖ２→Ｌｖ３

私の長過ぎる戦いは、ジャガイモの在庫が切れるというまさかの展開で終わりを迎えた。

店に来てから何時間経《た》ったのかは、あまり考えたくない。

「マリアのおかげで助かった。ありがとうね」

「酷いですよ、バネッサさん！　あんな断れない言い方をするなんて」

ゲーム的に強制されたことも含《ふく》め、ちくりと刺《さ》す。

「悪かった悪かった。さすがのあたしも予想外だったのさ。試しに店で出したら、あっという間に噂《うわさ》が広まってね。気付けばうちは、まるでポテトチップス屋だよ」

ポテトチップス屋……現実でも聞かない言葉ですよ、それ。

「ここまで客が押し寄せてくると、さすがに作り方か、売り方を考えないといけないね。

マリアが提案してくれて、途中《とちゆう》から皿で出すのを止め、羊皮紙を漏斗状《ろうとじよう》に丸めた物に変えたのは正解だったよ。おかげで洗い物が減り、持ち帰って食べたい客にも喜ばれた」

「でも良かったんですか？　羊皮紙って、そんなに安くないと思うんですけれど」

「羊皮紙は、リカバリーシープというモンスターを飼育し作っているんだけどね。皮が薄《うす》くて加工の手間も要《い》らないし、剥《は》いだ皮もすぐ回復するから大して高くないのさ。確かに経費は多少増えたけど、収支は十分黒字だよ」

さらっと、今怖《こわ》いことを言わなかった？

そのモンスターは皮膚《ひふ》を剥《は》がされた後、回復するのを待たれ、再び皮を剥がされるってことだよね⁇

それって拷問《ごうもん》と変わらないのでは……うん、聞かなかったことにしよう。

「ところで、マリアは何か用があってうちに来たのかい？」

そう言われ、私は本来の目的を思い出した。

「ジャーキー、干し肉を作るのに燻煙器《くんえんき》を探しているんですけれど、何か心当たりはありませんか？」

「燻煙器？　それならうちにあるよ。まだ早いが今日はもう店仕舞《みせじま》いするし、好きなだけ使っていきな」

「ありがとうございます！」

頑張《がんば》ってお手伝いした甲斐《かい》があったね。

これで記憶が飛んでいた頃の私も報《むく》われるはず……多分。


バネッサさんに案内されたのは、お店の裏に隣接《りんせつ》する空き地だった。

外壁から空き地に向け伸びた屋根の下、そこに教室で見掛《みか》ける掃除《そうじ》ロッカー程《ほど》の木箱が置かれている。

「こいつが燻煙器。扉《とびら》が付いているから、開けてごらん」

言われるまま扉を開けると、金網《かなあみ》が段になって敷《し》かれており、一番下にコンロのような物があった。

「一番下にあるのが発熱する道具。その上に鉄鍋《てつなべ》を置いて木のチップを入れ、燻煙したい食材を金網に載《の》せ扉を閉める。後は時間と温度に気を付ければ、美味《おい》しい燻製ができるよ」

「時間と温度の目安ってありますか？」

「物にもよるけど……」

素材を伝えると、詳しく教えてくれた。

「調理場も自由に使うといい。それからマリア、あんたさっきので料理が次の段階に進めるようになったはずだよ」
「え？　あっ、本当だ」
放心して気付かなかったけれど、確かに通知が来ていた。

『【料理】が規定のレベルに達したため、【料理（中級）】が取得可能となりました。なお取得に際し【料理】は削除《さくじょ》され、【料理（中級）】のレベルは一となります』

取得に必要なスキルポイントは五と高めだけれど、迷う余地は無い。

『【料理（中級）】を取得しました』

お礼を言って、私は調理場で早速ジャーキーの準備に取り掛かった。
まず必要なのはソミュール液という、お肉に味を染み込ませる液体調味料。といっても難しい物ではなく、白ワインとハーブ、それからニンニクとショウガを刻み、塩と隠し味《あじ》の蜂蜜《はちみつ》を加えれば完成。
次に糸で操《あやつ》った包丁を使い、取り出した【フォレストディアの肉塊】を薄く切る、切る、切りまくる。

燻製により水分が結構抜《ぬ》けるらしいので、持っている大量の【フォレストディアの肉塊】は全部ジャーキーにするつもり。

【下拵え】のスキルを使い、切ったお肉に塩を馴染《なじ》ませてから塩抜《しおぬ》きし、作っておいたソミュール液に漬《つ》け込む。

ここでお肉を液に漬けたままの状態で、アイスリザードの鱗《うろこ》が入った、いわゆる冷蔵庫に入れる。

アイスリザードの鱗はそれ自体が冷気を放つため、仕組みとしては冷蔵庫より冷蔵箱の方が正しいかもしれない。

冷蔵箱に入れたら【促進】の出番。漬ける時間はサイトによりまちまちで、今回は三日間くらいにし、待っている間に燻製用のチップを作製する。

私は【大蜘蛛《おおぐも》の粘糸《ねんし》】から【魔銀《まぎん》の糸《いと》】に替え、【クルミの木材】を取り出した。

「おっ、意外と大きい」

建材とするには長さが足りないけれど、子供では抱《かか》えられない程の太さがある。

これなら、一本でも大量のチップが作れそうだね。

さっそく四本の糸をびっしりと這《は》わせ、装備特性の伸縮《しんしゅく》を発動し切断する。

これを縦・横・高さの三回分行うことで、小山のような【クルミの木材のチップ】が出来上がった。

そして一時間が経過したところでお肉を取り出し、余分な水分をしっかり拭く。

燻煙器の所に戻り、準備したお肉を金網の上に載せ、一度金網《かなあみ》ごと外し纏《まと》めて糸で縛《しば》ったら、周囲に人がいないのを確認し大回転。

本来ならゆっくり自然乾燥《かんそう》させるのだけれど、今回は時間短縮のために少し強引な遣《や》り方《かた》で乾燥を行う。

水分を抜き過ぎると硬《かた》くなるため、様子を見ながら回し続け、お肉の大きさが元の三分の二くらいになったところで止める。それから燻煙器に戻し【クルミの木材のチップ】を投入すれば、いよいよ燻煙開始。

温度は低めに調整して【促進】を使い、四分待つ。

これで約五時間燻煙したことになるのだから、現実でも使えたら凄く便利なのに。

まあ、それを言ったら【操糸】や【供儡】もなんだけれど。

燻煙器を開けると、中には艶《つや》やかな飴色《あめいろ》をしたお肉達が。

「見た目は良さそうだね。味の方はどうかな」

一つ取って食べてみると、硬さは程好《ほどよ》く味もしっかり付いていた。

うん、美味しいジャーキーになっているね。


【フォレストディアのジャーキー】

フォレストディアの肉に下味を染み込ませ、丁寧に作られたジャーキー。ほのかな甘《あま》みがあり、肉の旨味《うまみ》が凝縮《ぎょうしゅく》されている。燻製により香《かお》りも豊か。


（料理バフ）ＡＧＩ＋８（２時間）


アイテムとしてジャーキーの説明を見ると、料理バフなる物が付いていた。

これまで作った料理には無かったような……もしかして【料理（中級）】の影響《えいきょう》？

料理バフにどれだけの価値があるか分からないけれど、後でルレットさんに聞いてみればいいか。

乾燥から燻煙までの工程を繰《く》り返し、最終的に三百個のジャーキーが出来上がった。

これだけあれば、しばらく携帯食には困らないね。

後片付けをしてバネッサさんにお礼を言った私は、〝死にスキル〟取得のための特訓を行ない、それからログアウトした。

ジャーキーを作り終えてから、数日。

私はレベルを上げ、教会に行ってエステルさん達と過ごし、時々バネッサさんに拉致《らち》されていた。

拉致は勘弁《かんべん》して欲しかったんだけれど、バネッサさんだけでなく、調理担当の方全員に頼まれては断ることもできず……。

今はとある成果を確認するため、私は現実の午後九時ぴったりにMWOへログインし、〝始《はじ》まりの平原《へいげん》〟に来ていた。

比較的《ひかくてき》人気の少ない、平原の中央付近まで進むと、そこには親しくなった三人の姿が。

「こんにちは。すみません、待たせてしまって」

「こんにちはマリアさん。いいんですよぉ、私達が楽しみ過ぎてぇ、待ち切れなかっただけなんですからぁ」

トレードマークのぐるぐる眼鏡を身に付けたルレットさんが、いつものおっとりした声で返してくれる。

「ルレットちゃんの言う通りよ。正直、生産でこんなに夢中になったのは久しぶりだわ！」

カンナさんは相変わらず見た目が女性だけれど、その声はベテランの男性声優さんが出す高い声音《こわね》で、ギャップが激しい。

木工が得意なのは、現実の仕事が影響しているのかもしれない。ただ『実は声優です』と言われても、私は驚《おどろ》かない自信がある。

「そんなことよりさっさと試そうぜ。こっちはイベント前で、まだやることが溜《た》まっているんだからよ」

ぶっきらぼうな態度で言っているけれど、誰よりもソワソワしているのがマレウスさんだったりする。

指摘《してき》するとめんど……じゃなかった、ムキになって否定しそうだから口にはしない。

あれ、訂正《ていせい》した意味があまり無い？

まあいいよね、心の声だし。

「そんなせっかちだと冒険者ギルドの受付嬢、マルシアちゃんに嫌われるわよ？」

「おまっ、だからなんで知っているんだよ！　ってかそんなことねえし‼」

お約束のような遣り取りを止めてくれたのは、ルレットさん。

「はいは～い、そこまでですよぉ。では出しますからねぇ？」

その言葉を聞いた瞬間、二人はぴたりと喋《しゃべ》るのを止め、私も固唾《かたず》を呑んだ。

「いきますよぉ」

ルレットさんの指がすっと動いた、直後。

私達の前に現れたのは、体長五メートルはあろうかという白熊《しろくま》だった。

「凄い、映像で見た白熊が目の前にいる！」

「ワタシが骨格を作ったから大きいとは思っていたけど、これは予想以上ね」

「ああ、それにこのリアルさ。ルレット、お前どんだけ時間を掛けやがった」

「以前皆で集まった日から今日までのぉ、ログイン時間全部ってところですねぇ」

「とんでもねえな。ってことはその間、プレイヤーの依頼は一切《いっさい》受けなかったんだろう？ 裁縫《さいほう》連盟のやつら泣いてたんじゃねえか」

「構いませんよぉ。私しか対応できない依頼ならぁ、どのみち面倒《めんどう》な方達のものが殆《ほとん》どでしょうしぃ」

「それはまあ、確かに……で、マリア。肝心《かんじん》のお前の準備は大丈夫《だいじょうぶ》なんだろうな？」

「はい、ちゃんと覚えてきましたよ〝死《し》にスキル〟。使えないスキルって意味の他に、死にながら覚えるスキルって意味もあったとは、知りませんでしたけれど」

私が特訓と称《しょう》して覚えたスキル、その名前は【ライド】。

覚えるためには、住人の方が指定する馬を一定時間乗り熟《のこな》す必要があるのだけれど、これがとんだ暴れ馬で、私は何度も振り落とされた。しかも落下によってＨＰが減り、落ち方が悪いと即死《そくし》するというおまけ付き。

死んだ回数は、百回を超《こ》えてから数えるのを止めた。

おかげで装備の耐久値《たいきゅうち》が減り、何度もルレットさんに直してもらう羽目になったのだけれど、耐久値の無い初心者装備に替えてからやれば良いんだと気付いた時には、もう【ライド】を覚えていた。

【ライド】は、モノに乗ることができるスキル。ただし、現状では乗れるモノが存在しないため〝死にスキル〟、良くて〝ロマンスキル〟と呼ばれていた。

このスキルの存在を知った私の提案が、乗れるモノがないなら作ってしまえばいいというものだ。

私の提案に生産連盟の長三人が興味を示し、全力で作り上げられたのがこの白熊。

なぜ白熊かというと、強くて表情が可愛《かわい》いから。

あと、昔女の子が白熊に乗る映画を見たことも、決め手になったかな。

実はパンダも候補に挙がったのだけれど、素早《すばや》く走れた場合、皆の持っているイメージとの乖離《かいり》が激しいという理由から却下《きゃっか》された。

「では、この子を動かしてみますね」

一本の糸を【操糸】で伸《の》ばし、【供儡】を発動する。

『対象と連携《れんけい》するためには、糸から伝わる思念強度が足りません』


あれ？

白熊はピクリとも動かない。

通知には糸の思念強度が足りないってあるけれど、思念強度って何？

足りないのはむしろ説明の方だと思うよ、この文章を作った人!!

ふぅ……落ち着こう、足りないってことは、糸を増やせばなんとかなるかもしれない。

ネロとは大きさが違うのだし、大きい子を操るなら、それだけ糸が必要になっても不思議じゃない。

今度は糸二本で試してみたけれど、結果は変わらず。

更《さら》に糸を増やし、今の私が同時に出せる限界、五本でやっても動く気配は無かった。

通知の内容も変わらない。

どうしよう……まずい、焦《あせ》る。

そして私の様子がおかしいことに気付いたのか、三人共怪訝《けげん》な表情をし始めていた。

あれだけ頑張ってくれたのに、オチが『そもそも動かせませんでした』ではいくら謝《あやま》っても謝りきれないよ!!

この状況《じょうきょう》を打開してくれそうなものを探し続け、ようやくそれを見つけた時、私はこっそり歓喜《かんき》した。

【纏操《てんそう》】

複数の糸を纏め、対象へ伝える思念強度を強化する。

思念強度は、纏める糸の本数とスキルレベルに依存《いそん》する。

こ・れ・だ!

クラスチェンジの時に見た気がするけれど、鳴けるようになったネロに気を取られ、すっかり忘れていたよ。

『【纏操】を取得しました』

必要ポイントを確認するまでもなく取得し、五本の糸を全部使い、改めて【操糸】からの【供儡】を発動すると、ようやく白熊は動いてくれた。

緑色の目に光が宿り、のっそりと立ち上がった、次の瞬間。

「グオオォッ！」

放たれた咆哮《ほうこう》が大気を震わせた。

三人共ビックリ。

私もビックリ。

近くで草を食べていたホーンラビットもビックリ。

更に言うと、ホーンラビットはビックリし過ぎたのか、泡《あわ》を吹《ふ》き倒《たお》れていた。

「ネロちゃんを見た時も驚いたけど、本当に凄いわね。まるで生きているかのようだわ」

「ですよねぇ。ああもぅ、感動し過ぎておかしくなりそうですよぉ」

カンナさんとルレットさんの言葉に、私も同意。

でも『生きているかのよう』という表現では、足りない。

私には、もはや生きているとしか思えなかった。

「……」

一言も喋らないマレウスさんの様子を窺《うかが》うと、目から雫《しずく》が溢《あふ》れていた。

あれ、泣いている？

「ばっ、俺《おれ》は泣いてねえ！」

「何も言っていないでしょう。自爆《じばく》しなくていいわよ」

素直《すなお》じゃないマレウスさんだけれど、実は激情家なのかもしれない。

「マレウスは放っておいてぇ、マリアさん早く乗ってみてくださいよぉ」

珍《めずら》しく興奮した様子のルレットさんに頷《うなず》き、糸越《ご》しに私の意思を伝えると、白熊は体を伏《ふ》せ、乗りやすい姿勢になってくれた。

近付き、もふもふの背中によじ登る。

私が腰《こし》を落ち着けると、見計らったかのように起き上がり、目線がぐっと高くなった。

「うわぁっ！」

夢にも思わなかったことが、本当に叶《かな》ったよ‼

新鮮《しんせん》な視界を堪能《たんのう》し、私が走り出すよう伝えると、再び咆哮を放ち白熊が平原を駆け出した。


その言葉を見たのは、確か小説だったと思う。

高校生の男の子が父親から譲《ゆず》られたバイクで疾走《しっそう》し、景色が飛ぶように流れていく中、『風になったみたいだ』と短く呟いていた。

歩くのとは比べ物にならないスピード感とか、置き去りにしていく景色とか、そういうことには一切触《いっさいふ》れず、呟かれた一言。

それが妙《みょう》に印象的で心に残っていたのだけれど、私は今、その男の子と全く同じ想《おも》いを抱《いだ》いていた。


速度がどのくらい出ているかは分からない。

ただ、感じたことのない爽快《そうかい》感が私の全身を駆け巡《めぐ》る。

気が付けば平原の終わりに到達《とうたつ》し、折り返し、三人の前へと戻《もど》っていた。

「………ただいま」

白熊の背中から降りるとさっきまで感じていた速さが失われ、私はその違いに少し戸惑《とまど》った。

「お、おかえり。とんでもない速度が出ていたわよ。ちょっとルレットちゃん、マレウスちゃん、あなた達《たち》何をしたの？」

「いやぁ、想像以上の速さでしたねぇ。ネロの特性を参考にしてぇ、風の属性を持つ【ジルファリスの魔石《ませき》】を目に使ったんですけどぉ、それだけでは説明がつきませんねぇ」

「さらっと、第二エリアに出没《しゅつぼつ》する難敵ネームドの名前を出しやがったな。確か外見が馬で、動きが速く魔法《まほう》も使ってくるんだったか。あんなもん、よく倒したな。俺は牙《きば》と爪《つめ》、あと負荷《ふか》の大きい骨や関節に【魔鋼《まこう》】を使ったくらいだぞ」

「そう言うマレウスちゃんも、軽いノリで現状の高ランク素材を出してきたわね」

「お前はどうなんだ、カンナ」

「ワタシは二人に比べれば普通《ふつう》よ。素材も手に入り易《やす》い【ブレイクエッジの木材《もくざい》】だし」

「第二エリアでは比較的入手し易く、硬い素材だが……お前、骨格作るのにどれくらい本気を出した？」

「白熊の骨格標本が載《の》っている本を図書館で借りて、暗記する程読み込んだくらい？」

「ルレット並みに時間を掛けてんじゃねえか！」

なんだろう、互《たが》いを称《たた》え合っているように見えて、どこか殺伐《さつばつ》としたこの感じは……。

「三人が凄《すご》かった、ということではダメなんですか？」

その場を取り成すつもりで言ったのだけれど、なぜか三人にじっと見詰《みつ》められた。

「そういえばこいつの存在があったな」

「最大のファクターを忘れていたわね」

「マナー違反《いはん》は承知ですがぁ、マリアさんが使っているスキルとぉ、ステータスについて教えてもらっても構いませんかぁ？　会話はパーティーを組み外に漏《も》れないようにしますのでぇ」

「別に構いませんよ」

パーティーの申請《しんせい》が来たので承諾《しょうだく》すると、直ぐにルレットさんから会話が飛んできた。

『まずスキルについてお願いしますねぇ』

『分かりました。糸を操るのとは別に、対象が自立して動けるようになる【供儡《くぐつ》】ってスキルがあります。以前は【傀儡《くぐつ》】だったんですけれど、クラスチェンジしたら名前が変わりました。スキルのレベルは十です』

操る対象の強さはステータス、スキルレベル、品質に依存することも付け加える。

『上位職の変異スキルで、レベルが十ならまずまずか。品質は俺達《おれたち》が作った物だからいいとして、あとはステータスか。今DEX幾《いく》つだ？』

『七十ですね』

『は？　七十⁉』

ポカンとした顔のマレウスさん。

なんだろう、予想より低かったのかな？

それならえっと……うん、もう少し上がるね。

『すみません、正確には装備特性を加えて八十です』

『驚いたわ。ステータス特化のカンスト組には及《およ》ばないまでも、かなりの数値ね』

カンナさんの言葉からすると、低いわけじゃないんだ。というより、むしろ高め？

『ほぼ決まりですねぇ。マリアさんのスキルレベルとステータスにぃ、それから思い出したのですけどぉ、装備特性が乗っている可能性がありますねぇ』

装備特性……あっ、ひょっとして。

『シューズの（装備特性）移動速度＋五％とぉ、スカートの（装備特性）風抵抗《ていこう》減（小）ですねぇ』

『使用者の装備特性まで乗るとか、ヤバ過ぎだろう』

『その代わりネロちゃんとこの子は、ポーションや魔法で回復できないんだから、バランス的にはおかしくないと思うわよ……多分』

『……』

『…………』

『いや、そこで黙《だま》らないで欲《ほ》しいんですけれど……』

しかも沈黙《ちんもく》が伸びているし、何だかこっちまで不安になるじゃないですか。

結局、まあ大丈夫だろうという濁《にご》された結論の下《もと》、ひとまずイベントまでこの子の存在は隠《かく》すことになった。

『そういえば、名前はどうしましょう？』

私がそう言うと、真っ先に反応したのは意外にもマレウスさんだった。

『お前のモノなんだから、お前が好きに付ければいいだろう』

『そうですけれど、皆さんのおかげで生まれた子ですから。作った方が名前を付けることも、ありますよね？』

『まあ、無くはねえな』

『名付けですかぁ、ちょっと恥《は》ずかしかったりしますよねぇ』

『そうだとしても、まずはマリアちゃんの考える名前を尊重するのが筋だと思うわ。さあ、思いついた名前をババンッと披露《ひろう》してちょうだい！』

カンナさんが『さあ来い！』とでも言うように、両手を広げ待ち構える。

そこまでされると逆にプレッシャーなんですが……。

う～ん……白熊、シロクマ、シロ……クマ………。

『クマ太というのは』

『よし皆で考えるぞ』

『その方が良いわね』

『そうしましょうかぁ』

『また無視された⁉』

しかも、どうしてこんな時だけ息ぴったりなんですか‼

もういいよ、どうせ私のネーミングセンスなんて要らない子なんだ……。

『ネロちゃんがいるから関連させたいけど、名前から連想するのは皇帝《こうてい》なのよね』

『暴君ネロか。ネロといえば、ヨハネの黙示録《もくしろく》に出てくる〝獣《けもの》の数字《すうじ》〟ってのがあるな』

『〝獣の数字〟って666ですよねぇ。666といえばぁ、昔そういうホラー映画がありましたねぇ』

『666の痣《あざ》を持つ、ダミアンって子を巡る物語ね』

『ダミアン……〝悪魔《あくま》の子《こ》〟か。お前どうおも』

『……』

マレウスさんから尋《たず》ねられたけれど、無言でNoを突《つ》き付けた。

それはもう、全力で。

ネロという名前は、エステルさんと子供達が一生懸命《いっしょうけんめい》考えてくれたものだ。

にも拘《かか》わらず、ネロにちなんだ名前がダミアン《悪魔の子》なんて酷《ひど》過ぎる。

『……他を考えるか』

『当たり前です！』

思わず声を大にして言った私を、誰《だれ》が責められるだろう。

もうやだ……。

あれ？　理不尽《りふじん》な流れからの今の言葉、なんだか妙に既視感《きしかん》が……いつのことだろう。

『見た感じの大きさや厚みといい、戦車とか装甲車《そうこうしゃ》の名前からとるのはどうだ？』

『男の子ってそういうの好きよね。ドイツのヘッツァーとか？』

カンナさんは女の子目線なんですね。

でもそう言いながら、名前の候補がすらっと出てくるのはどうなんでしょう？

ツッコみませんけれど……。

『戦車より装甲車の方がぁ、雰囲気《ふんいき》には合っていますねぇ』

『それならアメリカのガーディアン、フランスのサーバル。日本の96式装輪装甲車は、さすがに名前として微妙か……おっ、でも防衛省が愛称《あいしょう》をクーガーって付けているな』

外部サイトを参照しているのか、マレウスさんの口調は読み上げる感じになっていた。

『クーガー……悪くない響《ひび》きね』

『私も良いと思いますよぉ』

『なら決まりだな。こいつの名前はクーガーだ！』

〝一仕事やり遂《と》げた〟と言わんばかりに、三人が頷き合う。

こうして私の案はまたも無視され、この子の名前はクーガーに決定したのだった……。

私の新しい相棒の名前がクーガーに決まった後。

イベントを直前に控《ひか》え、私達は情報交換《こうかん》をすることにした。

「そういえば、以前お前から伝えられた黒い包帯仮面だが、第二の街周辺で、他のプレイヤーからも目撃《もくげき》情報が出ているぞ。掲示板《けいじばん》の様子だと、その目撃頻度《もくげきひんど》はイベントが近付くにつれ、増えているみてえだな」

マレウスさんの言葉に、嫌《いや》な予感が当たってしまい私は顔を顰《しか》めた。

あの時の言い方からすると、他に住人の方を狙《ねら》っていても不思議じゃないし、目撃《もくげき》頻度の増加が良いことであるはずがない。

黒い包帯仮面……長いので黒仮面と略すけれど、黒仮面に遭遇《そうぐう》してから次にログインした際、私はエステルさんに見聞きしたことを伝え、注意を促《うなが》した。

今のところエステルさんや子供達、そして知り合った住人の方に影響は出ていない。

けれど黒仮面の口からエデンという名前が出ているので、油断は禁物だ。

「黒仮面が現れてから、第二の街の様子はどうですか？」

「黒仮面とは言い得て妙かもしれませんねぇ。私が調べた限りぃ、黒仮面と接触《せっしょく》した住人の方は姿を消すらしいですよぉ。こちらも頻度《ひんど》は上がっているようですねぇ」

姿を消すって……それじゃあ、もし私がライルと出会っていなければ、ライルも今頃《いまごろ》？

ぞくりと、恐怖《きょうふ》で体が強張《こわば》った。

「きな臭《くさ》くなってきたわね。これだけあからさまに動かれると、イベント絡《がら》みなのは確定として、それがどんな意図を持つかよね」

「どんな意図、ですか？」

「イベント直前にも拘《かか》わらず、どうして隠さなくなったのか……普通なら気付かせないままにしておく方が、相手にとって有利なはずよ」

「言われてみれば、確かに」

「でもね、それではマリアちゃんから聞いた黒仮面の印象と、少しズレるのよ。目的は既《すで》に達成し、実は遊んでいるんじゃないかしら。ワタシ達をおちょくって、楽しむためにね」

「おちょくる……」

慇懃《いんぎん》無《ぶ》礼《れい》な態度を思い出し、思わず納得《なっとく》した。

あの黒仮面ならやりかねない。

「いずれにしろ、イベントはもう間近だ。どうにもならんだろ」

「まあね。ワタシ達にできることといえば……そうだマリアちゃん、パーティー戦をしたことはある？」

パーティー戦って、他の人と一緒《いっしょ》に協力して戦うことだよね。

誰かと一緒に戦った記憶《きおく》は……うん、無い。

でもでも、私にはネロがいたからね！

パーティー戦をしていたと言っても、過言ではないはず!!

「ネロとなら」

「他の人と一緒に戦ったことは無いのね」

はっきり言わなくてもいいじゃないですか、カンナさん……。

「それならワタシ達はパーティーを組むのだし、連携を確かめてみるのはどうかしら」

「連携つっても、俺とカンナは生産メインで、そんなにＰＳ高くないだろ」

ＰＳってなんだろう……あっ、世代を重ねているゲーム機のことかな？

疑問に思っていると、顔に出ていたのかルレットさんが説明してくれた。

「ＰＳはプレイヤースキルの略ですよぉ。スキルやステータスの強さとは別のぉ、知識・判断力・体の使い方といったぁ、いわばその人のセンスを指す言葉ですねぇ」

ルレットさんの説明はとても分かり易かったのだけれど、気になることが一つ。

「マレウスさん、どうしてルレットさんのＰＳには触《ふ》れないんですか？」

「ルレットはＰＳ以前の問題だ。そもそも連携できた例《ため》しがねえ」

「失礼なぁ、私だってパーティー戦くらいできるようにぃ……なった夢を見ましたよぉ？」

「夢かよ！　少しはマシになったと言ってくれ、頼《たの》むから!!」

マレウスさんの切実な訴《うった》えに、一緒に苦労したのかカンナさんがホロリと泣いていた。

なんというか、パーティー戦に不慣れなのが私だけじゃなくて、良かったかな？

そんなわけないですよね、はい……。

結局パーティーでの連携は出たとこ勝負になったけれど、マレウスさんとカンナさんからは、二人のジョブを教えてもらった。

マレウスさんは騎士《きし》の上位職、守りに秀《ひい》でた重装《じゅうそう》騎士。

カンナさんは聖職者《せいしょくしゃ》の上位職、回復や状態異常を治《なお》す司祭。

ルレットさんは、ジョブを教えることに躊躇《ためら》いがあるように感じられたので、聞かなかった。

私にスキルやステータスを尋ねたせいか、申し訳なさそうにしていたけれど、気にしなくていいのにね。

空気を変えるように、私は気になっていたことを相談してみた。

「ネロは魔石の属性を継《つ》いで雷《かみなり》を扱《あつか》えるんですけれど、それならクーガーも同じことができたりしませんか？」

「ありえるな。試してみたらどうだ？　今なら周りに誰もいねえし」

「では何が起こるか分からないので、少し離《はな》れていてください」

私は三人が距離《きょり》を取ったのを見計らい、クーガーにお願いした。

「クーガー！」

「グオォッ！」

咆哮と共に生み出されたのは、激しい勢いで渦巻《うずま》く風の……盾《たて》？

現実では風を視認《しにん》することは難しいけれど、ＭＷＯでは緑色で表され、はっきりと見ることができた。

風の盾はその場で安定しており、周囲を吹き飛ばすような気配は無い。

それを確認《かくにん》し、三人が近付いてくる。

「また凄え技が飛び出してきたな。見たところ防御《ぼうぎょ》系のスキルっぽいが……」

言いつつ風の盾に触れたマレウスさんが、刹那《せつな》、竜巻《たつまき》でも食《く》らったかのように錐揉《きりも》みしながら遠くへ弾《はじ》き飛ばされた。

「「「……」」」

全員、絶句。

クーガーだけは得意げに『俺の技は凄いだろう』とでも言うように、その大きな胸を張っていた。

大丈夫かなあ、マレウスさん……二十メートルくらい飛んだように見えたけれど。

「仕方がないわね、回収に向かいましょう」

「一応仲間ですからねぇ」

そんな言葉は溜《た》め息《いき》と共に……あの、マレウスさんはちゃんと仲間ですよ？

再びクーガーの背中に乗ると、二人が羨《うらや》ましそうに私を眺《なが》めていた。

自らの手で生んだ子なら、乗ってみたいと思うよね。

でも二人は【ライド】を覚えていないし……そうだ！

私は【纏操】で使っている糸を、五本から四本に減らしてみた。

クーガーに変化は無い。

次、四本から三本……こちらも変化無し。

しかし三本から二本に変えた途端、クーガーが動かなくなった。

私の【纏操】のスキルレベルでは糸を三本以上使わないと、まだクーガーを生かせないんだね。

でも見方を変えれば、二本は自由に使えるわけで。

私は余剰《よじょう》となった糸を使い、鞍状《くらじょう》に編んでみた。

拙《つたな》いながら、鞍っぽく見える物が二つ出来上がり、それをクーガーの背中に載せる。

「ルレットさん、カンナさん。よければこの鞍もどきに乗ってみませんか？」

「ワタシ達は【ライド】を覚えていないわよ？」

「【ライド】が無くても、椅子《いす》には座《すわ》れますよね？　これは私が作った椅子と同じ扱いになり、その上ならクーガーへ乗ったことにならないと思うんです」

ルレットさんとカンナさんは少しだけ悩《なや》み、結局乗ることを選んだ。

私が先頭に座り、二人を背中に乗せてクーガーに指示を出す。

「クーガー！」

「グオッ！」

短い返事をして、クーガーが走り出した。

後ろの二人は……良かった、ちゃんと乗れている。

「これは思っていた以上に凄いわね！　ヤバい、テンション上がる!!」

「本当ですねぇ！　高い目線とこの疾走感、癖《くせ》になりそうですよぉ!!」

しかも喜んでもらえたようで、私まで嬉《うれ》しくなる。

ただ、マレウスさんの所までは一瞬《いっしゅん》なんだけれどね。

マレウスさんを介抱《かいほう》すべく、私が速度を緩《ゆる》めようとしたら。

「マレウスちゃんなんてどうでもいいわ！　もっと走らせてマリアちゃん!!」

「私からもおねがいしますぅ！　マレウスはモンスターに食べられても構いませんよぉ!!」

「でもこのまま放置していくのはさすがに……」

そう思っていたら、カンナさんがマレウスさんに状態異常を治す魔法をかけ、ルレットさんは気付《きつ》けのつもりなのか、離れ際《ぎわ》に一蹴《け》り入れていた。

これで問題無いと、そうですか……。

キラキラした二人の目に押《お》し切られ、私はそのままクーガーを走らせた。

ごめんなさい、マレウスさん。

戻ったらジャーキーをあげるので、許してくださいね。

こうしてクーガーは私達を乗せ平原を疾走し、二人は楽しそうに声を上げていた。

めでたしめでたし……とはならず。

後でマレウスさんから怒《おこ》られた。

話を聞くと、私達がマレウスさんの許《もと》に着いた時、意識は戻りかけていたらしい。

ところがルレットさんの蹴りに見舞《みま》われ、再び昏倒《こんとう》。

そんな仕打ちを受けたのに、気付けば自分だけクーガーに乗れなかったという。

うん、怒るのも無理は無いよね。

そしてあの蹴り、やっぱり気付けにはならなかったんだ……。

ここは一つ、ジャーキーを渡《わた》してマレウスさんを励《はげ》まそう。

「料理バフでこの効果……おまっ、お前はどんだけやらかせば気が済むんだ!!」

おかしい、また怒られた。

そこからはカンナさんとルレットさんにも詰め寄られ、【料理】スキルの現状をじっくりと説明された。

満腹度が減れば困るので、作られた料理は全員に需要《じゅよう》がある。

ただし携帯食《けいたいしょく》でも賄《まかな》えるため、無くても困らない。

バフを付けるには【料理】スキルを中級以上にする必要があり、かなりの手間と時間が必要となる。

それにも拘わらず、料理バフ目的で料理を買うより、武器や防具にお金を掛けた方が簡単に強くなれるため、作ってもあまり売れない。

また他のゲームと違《ちが》い、現状冒険者《ぼうけんしゃ》が作った物は露店等《ろてんなど》で直接売る以外に方法が無く、料理の売れなさに拍車《はくしゃ》を掛《か》けている。

その結果、本気で【料理】スキルを育てている冒険者は、純粋《じゅんすい》に料理を愛する物好きだけとのことだった。

ただカンナさんによると、料理のバフで『AGI＋八（二時間）』というのはヤバいらしい。

なんでも作り手のステータスとPSによりバフの効果に差が出るみたいで、これだけの効果は珍しいと言っていた。

そんなことを三人から一気に説明されたのだけれど、私が料理をしたのは、そもそもエステルさんと子供達にお腹《なか》いっぱい食べて欲しかったからだ。

スキルレベルが上がったのはおまけみたいなものだし、生産に適しているDEXが高いのも、現実のポンコツ具合《ステータス》と選んだジョブの影響《えいきょう》でしかない。

PS《センス》はどうだろう……真人と真希は、私の料理を美味《おい》しいと言ってくれたけれど、自慢《じまん》できる程《ほど》かというと疑問が残る。

なので、私には凄い物を作ったという自覚が全く無い。

ただ三人からは【捕縛】スキルと同様、しばらく口外するなと言われたため、ジャーキーは誰にも渡さず、大人しくしているつもりだったのだけれど……三百個あったジャーキーが、なぜか今百四十七個に減っている。

おかしいですね？

犯人は、私の前でジャーキーを貪《むさぼ》るように食べているこの三人。

事の発端《ほったん》はマレウスさん。

渡したジャーキーを口にした瞬間、

「旨っ、なんだこれは⁉　肉の味が凝縮《ぎようしゆく》されていながら、味付けのバランスが絶妙《ぜつみよう》。なおかつ適度な水分もあり、噛《か》めば噛む程味が染《し》み出てきて、飲み込むのが辛《つら》い!!!」

なんだか食レポみたいな言葉を叫《さけ》び、それきり無言で咀嚼《そしやく》し続けた。

人が変わったような反応に、若干引いた私。

けれどルレットさんとカンナさんは逆に興味を持ったようで、求められるまま二人にもジャーキーを渡すと、叫ばなかったもののマレウスさんと同じ状態に陥《おちい》った。

長閑《のどか》な平原に、三人の咀嚼音だけが響く。

これはどうしたらいいのだろう……。

途方《とほう》に暮れていると、ようやくジャーキーを呑《の》み込んだ三人は、私がジャーキーを何個持っているか尋ね、何も言わずに取引を申請してきた。

そこに表示されていたのは、何の冗談《じようだん》かという額のG。

私が反応に困っていると、取引ウィンドウの裏で『ジャーキー五十、ジャーキー五十、ジャーキー五十』と呪詛《じゆそ》のように呟《つぶや》く三人が……。

その圧力に負け、私はジャーキーを手放してしまった。

だって、本当に怖《こわ》かったんだよ？

ルレットさんも、まるで別人のようだったし。

こうしてジャーキーは、私の携帯食という役目を果たす前に、その半分が三人の許へ嫁《とつ》ぐ羽目になった。

さよなら、私のジャーキー。

今度は更に沢山《たくさん》作って……作った分だけまた嫁がされそうだなあ。

そしてジャーキーを手に入れた三人はというと、今もなお食べ続けている。

「あの、満腹度はもう回復しきっていますよね？」

既に十個近く食べているけれど、一つで満腹度の三割は回復する。満腹度的には、明らかな食べ過ぎ。

「いい加減にしないと、無くなっても直ぐには作れませんからね？」

その瞬間、ぴたりと三人の動きが止まった。

「……作れない、のか？」

なぜそこで疑問形になるのかな、マレウスさん。

「フォレストディアを大量に捕縛して、解体しないといけません。それにジャーキーへ加工するのだって、けっこう手間隙《てまひまか》掛かるんですよ？」

私の説明に、黙り込む三人。

ようやく大人しくなった、と安心したのも束《つか》の間《ま》。

「お前ら、連盟の中で【捕縛】と【解体《かいたい》】を覚えたやつは何人いる？　鍛冶《かじ》連盟は【捕縛】一、【解体】三だ」

「木工連盟は【捕縛】二、【解体】四ね」

「裁縫《さいほう》連盟は【捕縛】五、【解体】二ですねぇ」

えっと、何の話をしているのかな？

「そいつら全員、今からフォレストディアに専念だ。反対するやつがいたら、ジャーキー一つ食わせてもいい」

「分かったわ。これもジャーキーのため！」

「いざとなれば実力行使も辞さないということでぇ」

いやいやルレットさん、実力行使とか物騒《ぶっそう》過ぎます！

というか、口外するなって言ったのは三人ですよ？

何広めようとしているんですか⁉

そもそも、イベント直前にやることじゃないでしょう‼

結局、私しか作れないのに勝手に獲《と》ってきても知りませんという一言が効き、ジャーキー熱は鎮静化《ちんせいか》。

こうしてイベント前の会合は、なんとも締《し》まらないままお開きとなった……。

ジャーキージャンキーとなった三人から解放された、翌日。

イベントは目前だけれど、必要な物は既に揃《そろ》えてあるし、今からレベル上げを頑張《がんば》っても多少強くなる程度で、私にはあまり意味が無いように思えた。

レベルの上限にすら達していない私の強さなんて、イベントに参加する人達全体の強さからすれば誤差だろうしね。

手持《ても》ち無沙汰《ぶさた》になった私は、ネロを喚《よ》ぼうとしてあることに気付いた。

「そういえば、ネロとクーガーはまだ顔を合わせていないんだった」

今度の戦いはパーティー戦。

だからこそ、私達の連携《れんけい》はしっかりしている必要がある。

本当はモンスターと戦って連携を試したいけれど、クーガーを目立たせるわけにはいかないからね。

……クーガーを爆走《ばくそう》させた時点で手遅《ておく》れだろう、というツッコみは聞こえません。

少しだけ考え、私は教会へ向かうことにした。

教会は街の中心から外れた場所にあり、冒険者が来ることも滅多にない。

教会に着くと、お昼寝《ひるね》の時間なのか辺りは静かだった。

初めて訪《おとず》れた時に休んだ樹《き》の根元に座り、私は早速《さっそく》二人を喚んでみた。

「ネロ、クーガー」

私を挟《はさ》んで左側にネロ、右側にクーガーが現れる。

ネロは甘《あま》えるように私へ擦《す》り寄ろうとして、クーガーを目にした途端《とたん》固まった。

クーガーは喚ばれてからも動かず、目だけをネロに向けている。

空中で交わる、二つの視線。

「……」

「……」

二人共、無言。

妙に緊張感《きんちょうかん》のある空気に、私も無言。

あれ？　私はもっとほのぼのとした展開を予想していたのだけれど。

ネロがクーガーに戯《じゃ》れつき、庭の上で楽しそうにゴロゴロ転がるとか、クーガーがネロを抱き締めて、舌で毛繕《けづくろ》いしてあげるとか。

なのに現実は、こんなにもピリピリしている。

おかしい、どうしてこうなった……。

収拾《しゅうしゅう》のつけ方が分からないまま、太陽の動きに合わせ、樹の影《かげ》が明確にその位置を変えた頃《ころ》。

先に動いたのはクーガーだった。

「グオゥ……」

〝始まりの平原〟で聞いた雄叫《おたけ》びとは違う、控《ひか》え目《め》な声を発し大きな体が伏せられる。

それだけでなく、目線の高さをネロと合わせるかのように、クーガーの頭は地面に着く程下げられていた。

意図を汲《く》んだらしいネロは、クーガーに近付くと後ろ足で立ち上がり、その鼻をペロペロと舐《な》めた。

くすぐったそうにするクーガーだったけれど、目は細められ嫌がる様子は無い。

猫《ねこ》が鼻を舐めるのは愛情表現だという記載を、ネットの記事で見た気がする。

一時はどうなるかと思ったけれど、もう大丈夫《だいじょうぶ》そうだね。

「えっと、ネロがお兄ちゃんで、クーガーが弟でいいのかな？」

「ニャッ！」

「グオゥッ！」

その声は息ぴったりで、私はくすりと笑った。

「もうすっかり仲良しだね。ネロ、クーガー。改めてよろしくね」

そう言うとネロは膝《ひざ》の上に乗ってきて、クーガーは私の背中に寄り添《そ》うように体を横たえてくれた。

体を預けるともふもふな感触《かんしょく》に包まれ、思わず『ふわあぁっ』という緩《ゆる》い声が漏れてしまった。

だって、これは仕方がないよ。

クーガーの毛並みはネロと同じで、とても柔《やわ》らかく繊細《せんさい》。

その毛並みに包まれることがこんなにも心地《ここち》好《よ》いなんて、思いもしなかったのだから。

イベント前にも拘わらず、二人のおかげで私は穏《おだ》やかな一時を過ごすことができた。

ちなみに、私達はその後お昼寝から起きた子供達に見付かり、クーガーは抱き付かれよじ登られ、大人気だった。

若干困ったような顔でこっちを見ていた気もするけれど、ネロが『自分も通った道だ』と言わんばかりに静かに見守っていたので、私もそれに倣《なら》うことにした。

頑張れ、クーガー！

第二章 ▼▼ 真里姉とイベントの幕開け

いよいよ迎《むか》えた、第一回公式イベント当日。

ＭＷＯにログインした私は、教会の前でルレットさん達と合流し、パーティーを組みイベントが開始されるのを待っていた。

参加を表明した冒険者は、開始と同時にイベントが行われる場所へ転移されることになっている。

具体的な場所は明記されていなかったけれど、【エデンの街に降《ふ》り掛かる厄災《やくさい》を防げ】というイベントのタイトルから、エデン周辺だと思う。

私の後ろでは、エステルさんと子供達が不安気な面持《おもも》ちでこちらを見詰めていた。

不安になるのも、無理は無い。

このイベントはゲームの一環《いっかん》だけれど、私達とエステルさん達では、イベントの持つ意味合いがまるで違う。

それを私は、ルレットさんから聞いていた。

たとえイベントをクリアできず死んでも、私達《わたしたち》は生き返ってやり直すことができる。

けれどその時、エデンの街はタイトル通り、厄災に見舞われるだろう。

そして厄災は、エデンの街に住む人の命を、容赦《ようしゃ》なく奪《うば》うことだろう。

住人の方の死は、私達冒険者《ぼうけんしゃ》の死と違い、絶対。

復活することは、無い。

漠然《ばくぜん》と迫《せま》る死の恐怖は、時に確かな死を感じるよりも恐《おそ》ろしい。

先が見えず、不安に押し潰《つぶ》されそうだった私は、それをよく知っている。

もっとも私の場合、その先に必ずしも死が訪れるわけではなかったから、共感できると言うのも烏滸《おこ》がましいのだろうけれど。

ＭＷＯで再び動けるようになり、エステルさん達と知り合ったおかげで、私は私で在る、、、ことを少しだけ許せるようになったと思う。

だから今度は、私の番。

私はエステルさんに近付くと、震《ふる》えるその手を両手で包み込んだ。

「行ってきます。子供達と一緒に、待っていてください」

「どうかご無事で、マリアさん……」

その場で跪《ひざまず》いたエステルさんが、静かに祈《いの》りの言葉を紡《つむ》いでくれた。

やがて祈りの言葉が終わると、示し合わせたかのようにイベントが開始され、私達は戦いの舞台《ぶたい》へ転移していた。


目を開くと、そこには平原が広がっていた。

「ここは……〝始《はじ》まりの平原《へいげん》〟かな？」

疑問形になったのは、普段《ふだん》と違いモンスターの姿が見えないことと、その広さ。

背後にあるエデンの街と比較《ひかく》して、平原は横の長さも奥行《おくゆ》きも倍以上に拡《ひろ》がっていた。

「参加プレイヤー全員を一箇所《いっかしょ》へ集めるのに、通常の広さじゃ足りなかったんだろう。しかし凄えな、これ何人くらいいるんだ？」

マレウスさんが驚《おどろ》く程、周囲は無数の冒険者で溢《あふ》れていた。

「公式の発表は無いけど、掲示板の情報によれば五千人は参加しているみたいよ」

五千人⁉

そんなに多くの人が集まるイベントなんて、テレビやネットでしか見たことがないよ。

「それは随分《ずいぶん》と集まりましたねぇ」

「何しろ初めての公式イベントだもの。ただ予想はしていたけど、この規模でレイドが組めないと、全体で統率《とうそつ》の取れた動きをするのは難しそうね」

カンナさんの言う通り、辺りは熱気と騒《ざわ》めきで既に混沌《こんとん》とし始めていた。

諍《いさか》いも起きているようで、『肩《かた》がぶつかった』『足を踏《ふ》まれた』『お尻触《しりさわ》られた』といった言葉も飛び交《か》っている。

大した問題ではなさそうだけれど、最後のはセクハラでアウトだね。

「むしろ足の引っ張り合いになりそうで、そっちの方が怖え……と言っている側《そば》からか。見ろよ、攻略組《こうりゃくぐみ》の連中が早くも先頭を陣取《じんど》り始めたぞ」

私達が転移した場所は平原の端《はし》で、周囲の人影《ひとかげ》もまばら。

けれど中央付近、エデンの西門から出た辺りには、ひしめき合う冒険者の姿が見えた。

人数は時間と共に増していき、平原全体を見下ろせば、弧《こ》を描《えが》くような感じになっていると思う。

そして最も厚みがある部分の先頭には、一際厳《ひときわいか》めしい鎧《よろい》や、煌《きら》びやかな衣装を身に纏《まと》う冒険者達《ぼうけんしゃたち》がいた。

周囲との比較により、装備の質の差は歴然。

素人《しろうと》の私でも分かるくらいだから、三人からすれば、その強さも大体想像できるんじゃないかな。

「先頭にいるのは、戦士系トップと噂《うわさ》されているレオンか」

「左隣《ひだりどなり》は魔道士系《まどうしけい》トップと自分で喧伝《けんでん》している、ミストね。実力は本物らしいけど」

「右隣《みぎどなり》にいるのは騎士系トップと評判のギランですねぇ。他にも名前が知られているプレイヤーが沢山いますよぉ」

正式サービス開始時に供給されたソフトの数が、三万本。

三万人もいる中で、トップとして名前を覚えられるのは凄《すご》いことなんだろうね。

………あれ？

確かルレットさん達も、それぞれの連盟のトップだったような??

とすると、私は凄い人達と友達になったのかもしれない。

そんなことを考えていたら、さっきまで明るかった太陽が姿を消し、周囲が暗闇《くらやみ》で覆《おお》われた。

一瞬騒然《いっしゅんそうぜん》となったけれど、普段の月の三倍はありそうな満月が天上に浮《う》かび、地上を淡《あわ》く照らしてからは、徐々《じょじょ》に落ち着いていった。

このくらいの暗さなら、【暗視《あんし》】スキルが無くてもギリギリ大丈夫かな。

イベント開始を予感したのか、冒険者達は静かになっている。

やがて、平原全体に向けられていた月の光がある場所に収束していった。

そこは何の変哲《へんてつ》もない、平原の一角。

今は真昼のように明るくなっているけれど、忍《しの》び寄る暗闇がその領域を侵《おか》す。

侵入《しんにゅう》した暗闇は次々と融合《ゆうごう》し、大きな塊《かたまり》になったかと思うと、一瞬で人形《ひとがた》へ変わった。

シルクハットをかぶり、黒い包帯のような物で全身を包んだ体。

仮面で顔を覆っているけれど、不気味な赤い光を覗《のぞ》かせる双眸《そうぼう》。

間違《まちが》い無《な》い、ライルを助けた時に遭遇した相手、黒仮面だ。

黒仮面は丁寧《ていねい》に腰《こし》を折って一礼すると、おもむろに話し始めた。

「ようこそ、血湧《ちわ》き肉躍《にくおど》る狂乱《きょうらん》の舞台へ。皆様《みなさま》にお越《こ》し頂き、感謝の念に堪《た》えません」

距離があるにも拘わらず、その声はまるで耳元で発せられているかのように、はっきりと聞こえた。

「私はメフィストフェレスと申します。今宵《こよい》の舞台の黒幕……というのも無粋《ぶすい》ですね。演出家とでも思って頂ければ幸いです。なお私は舞台外の者、演者ではありません。よって私を攻撃《こうげき》することは皆様の貴重な力を消費するだけですので、お勧《すす》め致《いた》しません」

その言葉に、びくっとして攻撃の動作を止める人がそれなりにいた。

「結構です。今宵の舞台、私が維持《いじ》できるのは精々《せいぜい》二時間といったところ。しかしその分、趣向《しゅこう》を凝《こ》らしたつもりです。さて時間も有限。皆様、準備はよろしいですか？」

辺りを見渡《みわた》してからたっぷりと間を置き、開始の合図は告げられた。

「それでは、どうぞ最後までお楽しみください」

メフィストフェレスの姿が消えた瞬間、夥《おびただ》しい数の骸骨《がいこつ》で作られた、禍々《まがまが》しい巨大な門が出現した。

そして門の扉《とびら》が開くと、中から大量のモンスターが飛び出してきたのだった。


現れたモンスターの数は、ざっと見ただけでも私達冒険者の数倍。

けれど前列のモンスターに遮《さえぎ》られ後方がよく見えないため、今なお門から出続けているとしたら、どこまで増えているのか見当もつかない。

モンスターは私が知っているボアやブラックウルフもいれば、見たこともない昆虫型《こんちゅうがた》のモンスターも混ざっていた。

ルレットさんによると、第二エリアのモンスターらしい。

周囲からは『雑魚《ざこ》ラッシュか』と揶揄《やゆ》するような声が聞こえ、無数のモンスターを前にしても緊張した様子は見えなかった。

ゼーラさんは『物量は馬鹿《ばか》にできない』と言っていたけれど、大丈夫なのかな?

そう思った矢先、先頭を行くモンスターの集団に対し、冒険者から遠距離《えんきょり》攻撃《こうげき》が開始された。

弾幕《だんまく》のように放たれる魔法《まほう》と矢を受け、モンスターが瞬《また》く間にその数を減らす。

数が減ったそこへ、今度は近接攻撃を得意とする冒険者達が襲《おそ》い掛かる。

接近するや手にした武器でたちまちモンスターを斬《き》り伏《ふ》せ、叩《たた》き潰し、刺《さ》し貫《つらぬ》き、奥《おく》へ奥へと押し進んでいく様子は圧巻で、私は思わず感嘆《かんたん》の声をあげていた。

「皆強《みんな》いんですね」

「今突っ込んでいるのは攻略組の連中だからな。しかも相手は雑魚。あれくらい当然だ」

突撃《とつげき》の勢いは止まらず、周囲からも戦いに加わる人が続出し、押し寄せるモンスターの壁《かべ》に楔《くさび》を打ち込んでいるかのようだった。

その楔は強力で、穿《うが》った部分だけでなく周囲へも殲滅《せんめつ》の手を広げていく。

「この感じだと、ワタシ達の所にモンスターが来ることは無さそうね」

「皆ポイントが欲《ほ》しいんですよぉ。ただぁ、少し浮かれ過《す》ぎな気もしますねぇ。まだ始まったばかりなんですからぁ」

ルレットさんの言う通り、イベントが開始されて十分も経《た》っていない。それなのに、もう冒険者の半数以上が元居た場所から離れてしまっている。

「デスペナを気にしなくていいのも効いているわね……嫌《いや》な予感がするわ。ワタシ達も出られるようにしておきましょう」

私はカンナさんに頷《うなず》くと、ネロを喚んだ。

マレウスさんは見るからに頑丈《がんじょう》そうな大盾を構え、カンナさんはいつでも魔法を使えるよう準備し、ルレットさんは念入りにストレッチをしていた。

ちなみに、クーガーはまだ温存することになっている。

やがて冒険者の三分の二がモンスターと戦うために動いた、直後。

進撃《しんげき》した冒険者達を囲むように、平原の左右に新たな骸骨の門が現れた。

その門はこれまでより横幅《よこはば》が広く、開いた扉から体の大きなモンスター達が出てくる。

「ここでネームドによる挟み撃《う》ちか。出るのは予想していたが、出し方がいやらしいぜ」

マレウスさんが舌打ちするくらい、それは絶妙なタイミングだった。

攻略組は奥へ行っているため直ぐには戻《もど》れない上に、その後に続いた冒険者達は縦長に伸《の》びてしまい、側面が手薄《てうす》になっている。

手薄になっている部分には、移動速度の遅《おそ》い後衛ジョブの人が多かった。

ネームドの攻撃を受けたら一溜《ひとたま》りもない。

私も一溜りもない。

それなのに……。

「援護《えんご》に行くぞ。後衛は防御力《ぼうぎょりょく》が低く脆《もろ》い。放置して瓦解《がかい》したら、その先にいる連中が持たなくなる。マリアはクーガーを喚んで、ネームドの進行を止めろ。一時的でいい」

「マレウスさん、私も脆い後衛ジョブの一人ですよ？」

道化師《どうけし》は、他の役割を演じることが役割だとゼーラさんに言われたけれど、私はステータス的な面で前衛に向いていないと思う。

ＳＴＲに次いで、ＶＩＴも低空飛行だからね。

「お前はもう、マリアというジョブみたいなもんだろ。防御力は置いといて、ネロとクーガーがいるんだ。前衛並みの攻撃力《こうげきりょく》と突破力《とっぱりょく》を備えた後衛がいてたまるか」

いやいや、その防御力が重要なんですよ？

それになんですか、マリアというジョブって！

「それは言えているわね」

「否定できませんねぇ」

カンナさんとルレットさんまで⁉

「いいからさっさと喚べ。そんでこの前みたいに俺《おれ》とカンナを乗せてくれ。マリアが突撃しネームドの足を止めたら、後は俺とカンナで後衛の連中を立て直す。その後はクーガーを走らせ、できるだけ敵の注意を引き付けろ」

「ルレットさんは？」

「ルレットは……お前、持つか？」

「マリアさんと一緒《いっしょ》ならぁ、あるいは持つかもぉ？」

「すげえ不安だが、遊ばせるわけにもいかねえ。ジャーキーバフがあれば、ルレットなら徒歩でも付いて来れんだろう。俺とカンナが降りたら、ルレットは放流したままでいい。遣《や》り過ぎるようなら、ネロでもけしかけて我に返らせてやれ」

「放流って……」

「お願いしますねぇ、マリアさん」

ルレットさんはいつもと変わらずおっとりしているけれど、マレウスさんの言葉を聞いた今、逆にそれが私の不安を煽《あお》る。

これ、大丈夫なのかな……。

不安は募《つの》るばかりだけれど、迷っている時間は無い。

私はクーガーを喚び背中に乗ると、すぐに【操糸《そうし》】で鞍を二つ作った。

「マレウスさん！　カンナさん！」

二人が鞍に跨《また》がったのを確認し、私はジャーキーを食べ一時的にＡＧＩを向上させてから、クーガーに告げた。

「行こう、クーガー！」

「グオゥッ！」

その場で一声咆《ほ》えると、クーガーは爆発《ばくはつ》するような勢いで駆《か》け出した。

急激な加速で体が持っていかれそうになるけれど、【ライド】のスキルレベルが上がっていたおかげで、なんとか耐《た》えられる。

目の前の景色が凄《すさ》まじい速さで後方へと流れていく最中、ネームドの奇襲《きしゅう》に狼狽《ろうばい》する冒険者達が、私達に向け驚愕《きょうがく》の表情を浮かべているのが微《かす》かに見えた。

乗れるモノがまだ無いから、騎乗《きじょう》している光景が珍《めずら》しいのかな。

でもクーガーは馬じゃないから騎乗はおかしいか……熊乗《くまじょう》？

熊の音読みがユウだから、熊乗《ゆうじょう》か。仲良くなってしまいそうだね。

途中《とちゅう》ネームドが行く手を阻《はば》んだけれど、クーガーは速度を落とすこと無く突っ込み、その大きな体で撥《は》ね飛ばしていた。

「クーガー凄いっ!!」

「俺達《おれたち》が作り上げただけのことはあるな」

「まるで雑魚がゴミのようね。似たような言葉が続いて、言い回しは微妙《びみょう》だけど」

私達が褒《ほ》めると、クーガーが誇《ほこ》らしげに鼻を鳴らす。

クーガーの突破力を活《い》かし最短距離《きょり》を進む私達の前に、ネームドの攻撃を必死に防ぐ後衛の一団が見えてきた。

魔法で応戦しているけれど圧倒的《あっとうてき》に防御力が足りず、既《すで》に何人かは地面に倒《たお》れているという状況《じょうきょう》。

そんな中、一人の冒険者が集団から離《はな》れ、範囲《はんい》攻撃魔法《こうげきまほう》を放ちネームドの注意を引き付けようとしていた。攻撃は命中しネームドの注意を引いたけれど、その代償《だいしょう》に周りを囲まれてしまい、退路を失っている。

杖を構え最後まで抗《あらが》おうとする冒険者に、振《ふ》り下ろされる熊っぽい外見をしたネームドの豪腕《ごうわん》。

でも、それはさせない！

私の意図を汲んだクーガーが風の盾《たて》、風哮《ふうこう》を展開する。

「伏せて！」

咄嗟《とっさ》に冒険者が伏せるのと、クーガーが熊のネームドに襲い掛かったのはほぼ同時。

風哮を加えたクーガーの突進《とっしん》は、ぶち当たった熊のネームドを吹《ふ》き飛ばしただけでは収まらず、その直線上にいたネームドも巻き添《ぞ》えにし、数十メートルもの空白地帯を作り出した。

伏せていた冒険者は、一体何が起きたのかとキョロキョロしているけれど、怪我《けが》は無さ

そう。

良かった、間に合って。

「でかしたマリア！　予定変更《へんこう》、お前はクーガーと一緒に暴れてこい!!」

「こっちはワタシとマレウスちゃんでなんとかするから、安心していいわよ！」

クーガーから飛び降り、マレウスさんとカンナさんが平然と言ってくる。

「あの、注意を引き付けることが私の役割でしたよね？」

「あれだけ威力《いりょく》があるなら話は別だ。既に周囲のネームドの注意はお前に向いているしな」

「マレウスさんの鬼《おに》！」

「安心してマリアちゃん！　こういう分かり易い状況に、どハマりする子が猛追《もうつい》しているから!!」

後ろを指差すカンナさんに釣《つ》られ振り返ると、私はそこで、信じられない光景を目《ま》の当たりにした。

「へっ？」

間の抜《ぬ》けた声が自分の口から漏れた気もするけれど、それどころではない。

クーガーと一緒に突破した跡《あと》を、よく見慣れたはずの女性が一人、駆けている。

徒歩でありながらその速さは異常で、私達と距離がそれ程離《ほどはな》れていないことに驚いた。

でも、それはまだマシな方だった。

更《さら》に異常なのは、彼女《かのじょ》の行く手を阻むネームドが、視認《しにん》した次の瞬間《しゅんかん》には消え去っていることだ。

ネームドが消える直前、彼女の体が僅《わず》かにブレていたので、攻撃はしているんだと思う。けれど、それがどんな攻撃なのかはまるで見えなかった。

彼女の顔にはトレードマークのぐるぐる眼鏡が無く、いつも口元に浮かんでいた緩《ゆる》やかな笑《え》みは、今や犬歯を剥《む》き出しにした獰猛《どうもう》な笑みに変わっている。

「ルレット……さん？」

「裁縫連盟の長ってのも間違いじゃないが、全《すべ》てじゃねえ。βとは名前も姿も変えているから、気付いていないやつも多いけどな」

「β時代のルレットちゃんは、拳闘士系《けんとうしけい》のトップだったの。そして本来の名前とは別に、二つ名を持っていたのよ」

「二つ名？」

私の疑問に、二人が同時に答えた。

「「緋眼ノ女鑒《ひがんのじょうおう》」」

口にされた二つ名へ反応するように、ルレットさんが俯《うつむ》き気味だった顔を上げる。

露《あらわ》になったその目は、妖《あや》しい緋色《ひいろ》の光を宿していた。

「緋眼ノ女鏖……」

物騒な響《ひび》きのする二つ名だけれど、迫り来るルレットさんの姿を見ると、それが誇張《こちょう》されたものではないと分かる。

「何ぼさっとしてやがる！　さっさと逃《に》げねえと、俺とは違う本当の鬼に喰《く》われるぞ!!」

「頑張ってねマリアちゃん。ああなると基本、ルレットちゃん敵味方の区別がつかなくなるし、パーティー内のダメージ無効制限からも外れてしまうから」

「そういうのは先に言ってくださいっ！」

思わず大声を出したのがまずかったのか、ルレットさんが鋭《するど》い視線をこちらに向けたかと思うと、進路を変えてきた……って、私の方ですか!?

「ク、クーガー！」

「グオウォッ!?」

私、動揺《どうよう》。

クーガーもまさかの動揺。

一瞬《いっしゅん》ビクッと震えたのを、私は見逃《みのが》していない。

と、そんなことを悠長《ゆうちょう》に観察している場合じゃなくて。

私はネロも喚び、ネームドの間を縫《ぬ》うようにクーガーを走らせた。

その後ろからは、見なくてもルレットさんが追って来ているのが分かる。

擦り抜けざま、私は自由になる【大蜘蛛《おおぐも》の粘糸《ねんし》】を一本操《あやつ》り、装備特性の粘性《ねんせい》を発動しネームドの足に付けていった。

ゴブリン相手に何度もやったから、体が覚えているね。

【操糸】のスキルレベルが上がり、私は以前より糸を長く伸ばせるようになっていた。

だからクーガーを走らせ、寄り道しながら伸ばし続けても、糸の長さには余裕《よゆう》がある。

私はネロに時々【クラウン】を発動してもらい、周囲の注意を引きながら動き続けた。

当然のようにネームドは追ってくるけれど、いいのかな？　そんな好き勝手に動いて。

予想通り、足に付いた糸を互《たが》いに引っ掛《か》け合い、もつれ合うようにして倒れるネームドが続出する。

クーガーが突撃した際、周囲のネームドを巻き添えにしたのを見てもしかしたらと思ったけれど、上手《うま》くいったみたいだね。

そうして出来上がったネームドの塊は、私の後ろに壁のように立ちはだかるわけで、それを今のルレットさんが見逃すはずがなかった。

「怒羅嗚呼呼呼呼呼呼《どらあああああああ》ッ!!」

およそ人が発するとは思えない、雄叫びのような声が周囲に轟《とどろ》き、激しい打撃音《だげきおん》が続く。

その衝撃《しょうげき》の強さは、離れているのに糸を通し私へ伝わる程だった。

「なんてデタラメな……」

確かにネームドの動きは制限されているけれど、それでも普通のモンスターよりずっと強いはず。

にも拘わらず、私の操れる糸の長さは元に戻りつつあった。

これは糸を付けられたネームドが、次々と倒されていると考えるべきだよね？

ルレットさん、一体どれだけ強いんですか⁉

私の想像の域を遥《はる》かに超《こ》えていますよ‼

後ろに注意を向けていた私は、その時、前方から急速に接近してくるネームドへ気付くのが遅《おく》れた。

「しまっ」

言い終わる前に死ぬかな？　と思ったけれど、咄嗟にクーガーが攻撃を受け止め、ネロが猫パンチで撃退《げきたい》してくれていた。

「ありがとうクーガー！　ネロ！」

「グオゥッ」

「ニャッ」

何でもないといわんばかりに、短い鳴き声が返される。

ほんと、頼《たよ》りになる二人だよ。

でも気を付けないといけないね、私なら一撃死《いちげきし》も十分あり得るんだから。

攻撃を仕掛《しか》けてきた新手《あらて》のネームドは、見た目が完全に馬だった。その周囲には緑色のエフェクト？　が炎《ほのお》のように揺《ゆ》らめいている。

緑は確か風の属性を表しているんだったかな。

そして風を操る馬のネームドといえば。

「ジルファリス？　でもなんだか……」

私が違和感《いわかん》を覚えたのは、色。

目の前のジルファリスは、体が黒っぽい色をしていた。

スカートとシューズの素材はウィンドホースだけれど、その体は属性に合わせたかのように緑色だと、ルレットさんから聞いたことがある。

普通のモンスターとネームドで色が違《ちが》うのは、カリュドスの例もあるしおかしくはない。

ただ、黒ではなく黒っぽいという点が、ネームドという特別なモンスターには合わない気がする。

改めて他のネームドも見れば、その体は一様に黒っぽく、倒されると黒い靄《もや》のような物を発生させていた。

「あれは何だろう」

不自然な様子に目を凝らしていると、不意に私の視界がそれまでより明るくなった。

【暗視】スキルが発動した？　でもどうして今頃《いまごろ》……。

疑問に思い一度スキルの発動を止めると、いつの間にか辺りの暗さが増していた。

はっとして見上げた空に浮かぶのは、満月ではなく欠けた月。

時間の経過と共に欠けたにしては、どこか変な感じが……。

と、またしても注意が疎《おろそ》かになっていた私に対し、ジルファリスが攻撃を仕掛けようとして、突然《とつぜん》その姿が消失した。

入れ替《か》わるように現れたのは、イベント開始直前に見た冒険者《ぼうけんしゃ》。

最前線にいたはずの戦士系トップ、レオンだった。

「奇襲を受けたと聞き戻ってみたけど……なるほど、被害《ひがい》がこの程度で済んだのは、君がいたからか」

軽々と振《ふる》われた両手剣《りょうてけん》の一撃が、ネームド数体を纏めて倒す。

前線から引き返してきた冒険者達により、他のネームドも一気にその数を減らしていた。

どうやら、私がネームドと戦う必要は無さそうだね。

ネームド戦を回避《かいひ》でき密《ひそ》かに安堵《あんど》していると、彼《かれ》が私に話《はな》し掛けてきた。

「僕《ぼく》の記憶《きおく》だと、MWOで騎乗アイテムはまだ見付かっていないはずだけど……ソレ、どうやって手に入れたのか教えてくれないかな。もしくは、ソレをそのまま貰《もら》ってもいい。もちろん、相応の対価は提示するよ」

整った顔立ちに、口角の上がった唇《くちびる》。

背は高く、百八十センチくらいありそうだった。

さらりとした髪《かみ》は金色で、多分美男子といって差し支《つか》えないと思う。

まだ学校に通っていた頃、同い年の女の子なら、話し掛けられただけで舞《ま》い上がったんじゃないかな。

私？　私はうん、違うね。

姉バカになるけれど、真人《まさと》の方がずっと良い顔をしているし。

私の意識が戻らなかった間……いや、それよりも前から、真人は自分と必死に向き合っていたんだろうね。

だから今、真人は以前とは見違《みちが》える程良《ほどい》い顔をするようになった。

それに比べたら、彼の格好良さなんて薄《うす》っぺらいものだ。

ただ戦士系トップと言われるくらいだし、強くはあるんだろうね。

ＭＷＯにおいて〝自分の行動は許されて当然〟と、錯覚《さっかく》させるくらいには。

でなければ私に、クーガーに対し、あんな不躾《ぶしつけ》な提案をできるはずがない。

ネロもクーガーも、私にとってはＭＷＯで生きる家族も同然だ。

その家族を物扱《あつか》いした彼へ穏やかに対応できるほど、私は人間ができていない。

「お断りします」

以前ルレットさんがＧＭコールした冒険者へ答えた時に比べ、かなり冷たい声が出た。

「対価が不明だからかい？　それなら、僕の持っているアイテムから好きな物を選んでいいよ。Ｇなら言い値を出そう」

うん、彼も人の話を聞かないね。

「ですからっ」

「ちょっとあんた、ウチのレオンが譲《ゆず》れと言っているんだから、大人しく譲りなよ！　こっちはトッププレイヤーなんだからね!!」

隣《となり》から、垂れ目がちな魔道士系ジョブの女性が口を挟《はさ》んできた。

名前はミストだったかな。

また面倒《めんどう》そうなのが出てきたと思ったら、警戒するネロを見て声色《こわいろ》を変えた。

「何この猫超可愛《かわい》いじゃん！　そっちのはレオンに、こっちはウチが貰うから。いいでしょレオン？」

ああもう、本当にこの人達は‼

我慢《がまん》の限界を超《こ》えそうになっていると、先に限界を超えたモノがあった。

それは私の背後にある、糸に囚《とら》われたネームド達の壁。

今その壁には大穴が開き、中からゆっくりとルレットさんが姿を現した。

緋色の目は以前にも増して爛々《らんらん》と輝《かがや》いており、開いた口は三日月のように両端が鋭く持ち上がっている。

まるで獲物《えもの》を前にした肉食獣《にくしょくじゅう》といった感じだね。

前後に挟まれてしまっているこの状況、何て言うんだっけ……前門の虎《とら》、後門の狼《おおかみ》？

前はレオンだからむしろライオンで、後ろの狼は、あながち間違った表現じゃないかも。

もっとも本来の意味は、一つの災難が片付いたのに災難が続くだから、言葉としては正確じゃない。

だって、何も片付いていないからね。

でも字面《じづら》としてはぴったりだと思うんだ。

間に挟まれた私は差し詰《ず》め羊かな、白いもふもふ二人に囲まれているし。

「牙留鳴呼呼呼呼呼呼呼ッ《がるあぁぁぁぁぁぁぁ》！」

混沌とした状況に頭が痛くなってきた私をよそに、ルレットさんが吼《ほ》えこちらに向かい突進してきた。

狙《ねら》いは私……じゃなく。

「情熱的な女の子は嫌《きら》いじゃないけど、僕はもっとお淑《しと》やかな子が好きなんだ」

狙われたのはレオン。

けれどルレットさんの一撃を止めたのは彼ではなく、大きな盾を持った騎士風《きしふう》の冒険者。

彼のことはルレットさんが言っていたね。ギランという名前だったはず。

「……」

無言で受け止めた彼は、そのまま何かのスキルを使ったらしく、ルレットさんを僅かな動作で数メートルも後退させていた。

「どうしても戦うというのなら、僕は構わないよ。ただこっちはパーティーだから……覚悟《かくご》してね」

両手剣を掲《かか》げスキルを放つ動作に入ったレオンと、それに合わせパーティーメンバーの冒険者達が構える。

ルレットさんは臆《おく》するどころか、より戦意を滾《たぎ》らせていた。

このまま戦ったら、いくらルレットさんが強くても徒《ただ》では済まない。

大地を踏みしめ力を溜《た》めるルレットさんに、私は後先考えず飛び付いていた。

「ルレットさんっ!!」

体を張ってルレットさんを止めようとした、刹那《せつな》。

「え？　かはっ」

首筋に、炎で焼かれるような熱さと激痛が走る。

予想外の行為《こうい》に、私はルレットさんに噛《か》まれていることをしばらく理解できなかった。

幸い気道は外れていたけれど、苦しさは消えずＨＰが恐ろしい速さで減っていく。

ＨＰポーションは……ダメ、既に取り出して使う余裕も無い。

このままだと、私は死ぬだろう。

他でもない、友達であるルレットさんの手によって。

ゲームだし、たとえばミスをして誰《だれ》かを死なせてしまうことは、珍しくないと思う。

ただ、それはあくまでミスによるものだ。

ルレットさんとは違う。

どこまで意識があるのか分からないけれど、私を……友達を自らの手で殺《あや》めたと知ったら、ＭＷＯをやめてしまうんじゃないかな。

私が逆の立場なら合わせる顔が無く、そう思っただろうからね。

「それは……嫌、だな」

その時、不意にマレウスさんの言葉が思い出された。

やり過ぎたらネロをけしかけてやれ、だっけ。

もうHPは残り一割を切っている。

こうなったら一《いち》か八《ばち》か。

「ネ、ロ……」

気力を振り絞《しぼ》り、私はネロにお願いした。

「ニャニャッ!!」

ネロは即座《そくざ》にルレットさんへ跳《と》び付くと、まるで叱《しか》り付けるかのように、光る猫《ねこ》パンチをルレットさんの頬《ほお》に叩き込んだ。

「痛鳴呼呼呼《づぁぁぁぁ》っ……音《ね》、呂《ろ》………？」

クーガーの風哮で吹き飛んだマレウスさんを見て、攻撃によるダメージは無くとも、効果だけは作用するんじゃないかと思ったけれど、正解だったみたいだね。

ルレットさんの瞳《ひとみ》から狂気《きょうき》の光が薄れ、理性の光が戻っていく。

「よかっ、た……」

ＨＰ減少による影響《えいきょう》か、朦朧《もうろう》とした意識の中、ルレットさんの悲痛な叫《さけ》び声《ごえ》が聞こえる。

「マリアさん！　私は、私はなんてことをっ!!」

ＨＰポーションを掛けてくれたらしく、意識は戻ってきたけれど、ルレットさんの投与《とうよ》が止まらない。

あの、私の低いＶＩＴだと二本もあれば十分なんですが……。

使われたＨＰポーションの数は、既に十本を超えていると思う。

私はルレットさんを止めようとして、その必死な様子に掛ける言葉を失った。

頼りになって、強く優《やさ》しいルレットさん……それが私の抱《いだ》いていたイメージだったけれど、そうだよね。

だから何でも平気なわけ、ないよね。

そう思ったら弟妹《ていまい》への想《おも》いに似て、急にルレットさんが愛《いと》しくなった。

「大丈夫《だいじょうぶ》ですよ、ルレットさん……私、これでもお姉ちゃんですから」

上手く笑えた自信はないけれど、ルレットさんが包み込むように私の体を抱く。

肩に落ちてくる温かな滴《しずく》を感じながら、私はその背中を優しく撫《な》でた。

「えっと、これは何の茶番だい？」

「何エモいみたいな空気出してんの。普通に恥《は》ずいんだけど」

「……」

ああ、この人達《ひとたち》には伝わらないんだろうな。

ギランだっけ、彼は沈黙《ちんもく》しているから何とも言えないけれど。

そんな時、動けない私達の代わりにクーガーが彼等の前に立ちはだかった。

その円《つぶ》らな瞳には明確な敵意が浮かんでおり、ネロもクーガーの上で毛を逆立てていた。

「クーガー、ネロ……」

本当、頼りになり過ぎだよ、うちの子達は。

騒《さわ》ぎを聞きつけ、周囲の冒険者まで集まりだした頃《ころ》、新たに割って入るモノがいた。

それは自らを演出家と名乗った、メフィストフェレス。

メフィストフェレスは空中に浮かび、文字通り私達を見下しながら、滔々《とうとう》と語り始めた。

「何やら私の脚本《きゃくほん》には無い、素晴《すば》らしい演目が密《ひそ》かに演じられていたようですね。続きをゆっくり鑑賞《かんしょう》させて頂きたいところですが、残念ながら演目を早めなければなりません。

演者の方々の熱意が、私の予想を上回っておりましたので」

小馬鹿《こばか》にしたような拍手《はくしゅ》の音が、最初と同じく耳元で聞こえる。

「皆様準備はよろしいですか？　演目は〝最後《さいご》へと到《いた》る階梯《かいてい》〟とでも名付けましょう！」

言い終えた直後、三つの門の間を塞《ふさ》ぐように、新たな門が四つ現れる。

隙間《すきま》無く立ち並ぶそれは、まるで私達を閉じ込める檻《おり》に見えた。

「より強く、より高みへ至らんとする皆様！　現れた階梯を登った先に得られる〝報酬《ポイント》〟は膨大《ぼうだい》!!　死《し》に物狂《ものぐる》いで駆け登る様を、どうか私にお見せくださいっ!!!」

その言葉が合図となり、四つの門の扉が開いていく。

「ファーストアタックは……」

「どんなモンスターでも……」

「ここでポイントを大量にゲッ……」

門へ殺到《さっとう》した冒険者達《ぼうけんしゃたち》が口にできたのは、そこまでだった。

扉の中から振るわれた巨大《きょだい》な斧《おの》が、彼等のＨＰを一撃で消し飛ばしたからだ。

「「「!!!」」」

多分、その場にいた全員が凍《こお》り付いたと思う。

前線に来ていたということは、彼等も相応の強さがあったはず。加えて、倒された冒険者の中には前衛職も交じっていた。

それなのに、一撃で倒された。

どれだけ高い攻撃力を持っているのよ……。

私ならどうなっていたかなんて、考えるまでもない。

しかし更なる絶望を与《あた》えるかのように、斧を持ったモンスターとは別に、新たに剣と、槍《やり》と、杖を持ったモンスターが姿を現した。

モンスターは人型で、その体は五メートルを超える程の巨体《きよたい》。

これまでのモンスターとは異なり、その全身はただただ黒く、ネームドとは比較《ひかく》にならない威圧感《いあつかん》を放っていた。

唯一《ゆいいつ》、メフィストフェレスと同じように双眸《そうぼう》だけが赤く光っている。

そのモンスターの名を、誰かが放心したように呟《つぶや》いた。

「オーガ・クラウィス……」

イベントが次の段階へ進んだことを、私達は否応無《いやおうな》く実感させられた。


これまでとは一線を画すモンスターの出現に、抵抗《ていこう》を試みる人、逃げ惑《まど》う人が入り交じり、辺りは大混乱となった。

ちなみに抵抗を試みた人は、さっきの人達と同じ末路を辿《たど》っている。

そんな中、攻略組《こうりやくぐみ》と呼ばれる人達はオーガから慎重《しんちよう》に距離を取っていた。

直ぐ近くで同じ冒険者が傷付き、倒されても、手助けすることはおろか興味も示さず、じっとモンスターの動きを観察している。

攻略組という人達の価値観がどこにあるのか、私はこの時初めて知った気がした。

って、今はそれどころじゃないか。

ルレットさんの様子を窺《うかが》うと、女鏖モードは落ち着いたようだけれど、力が入らないのか私に体を預けきっていた。

「ルレットさん、一度マレウスさん達と合流しますね」

「分かり、ましたぁ……お願い、しますぅ」

途切《とぎ》れがちな弱々しい口調だけれど、意識はしっかりしているみたい。

「でも出発する前に……」

私はルレットさんからぐるぐる眼鏡を受け取ると、緋色の瞳を隠《かく》すように掛けた。

うん、やっぱりいつものルレットさんが良いね。

クーガーによじ登ると、私は後ろに【操糸】で鞍《くら》を作り、ルレットさんを乗せた。

ネロは念のためルレットさんの肩《かた》にいてもらい、自由に操れるもう一本の糸で、ルレットさんと私の体をぐるっと巻き、落ちないよう固定する。

よし、これで準備は整った。

周囲は依然《いぜん》として混乱が続いているけれど、おかげで私達に注目する人は少ないし、オーガ達の注意も分散している。

クーガーの速度があれば、隙間を縫《ぬ》って駆けることは難しくない。

戦闘《せんとう》を避《さ》け、比較的《ひかくてき》安全にマレウスさん達の許に向かえるはずだ。

ただ、そこには私達だけならという前提が付くんだけれど……。

その時、さっき見た攻略組の人達の行動が脳裏《のうり》に浮《う》かんだ。

彼等からすれば、私の考える前提なんて、そもそも前提ですらないと思う。

素人《しろうと》の私でさえ何が最適な行動か、言われなくても分かるのだから………でも、ね。

「ごめん。ネロ、クーガー」

小さく呟いた私に、けれど二人は力強く応えてくれた。

「ニャッ！」

「グオゥッ！」

頼《たの》もしい鳴き声に背中を押《お》されたような気がして、つい涙《なみだ》が溢《あふ》れた。

真人と真希《まき》、そしてネロにクーガー……私は、家族に恵《めぐ》まれているね。

二人のおかげで迷いは払拭《ふっしょく》され、覚悟が決まる。

涙を拭《ぬぐ》い、私はこれまで生きてきた中で一番の大声を張り上げた。

「これからオーガ達の間を強行突破します！　付いてきたい人は後ろへ、余力のある人はダメージを負った人を支えてあげてください!!」

私はしっかり前を向くと、少しだけ視界が通った瞬間を見逃さず、クーガーに風哮を展開させた。

「クーガー!!」

「グオオオオオオオウッ!!」

空気が震《ふる》えるほどの大音声《だいおんじょう》にネロが発動した【クラウン】が重なり、オーガ達の刺《さ》すような敵意が私達に集中する。

それだけの敵意に物怖《ものお》じすることなく、クーガーは大地に突《つ》き立てた【魔鋼《まこう》】の爪《つめ》に力を籠《こ》め、一気に加速した。

視界が通った先を目指し、クーガーが疾走《しっそう》する。

引き付けられたオーガ達が立ち塞がるけれど、風哮を纏《まと》った今のクーガーは走る凶器《きょうき》だ。

「突っ込め、クーガー!!!」

「グオオウッ!!!」

オーガの攻撃《こうげき》を風哮で防ぐと共に、速度を落とさずぶち当たる。

すると風の勢いも相俟《あいま》って、オーガは盛大に吹っ飛んだ。

よし、オーガにもちゃんと通用するよ!

密かにほっとして後ろを見れば、呆気《あっけ》に取られていた冒険者達も、慌《あわ》てて付いてくる様子がちらりと見えた。

クーガーには全力で走ってもらい、私が進む方向を示し風哮を展開するタイミングを伝える。

ネロは常に周囲を警戒《けいかい》し、避けきれない攻撃を察知すると、攻撃が来る前に猫パンチで牽制《けんせい》してくれた。

二人のおかげで、足が止まるような事態はなんとか免《まぬが》れている。

私達は次々と襲《おそ》い掛かるオーガを必死に撃退し、とにかく走り続けた……。


それからどれくらい経《た》ったのか。

時が経つのも忘れ突き進《すす》んだ私達は、後退しているマレウスさん達の姿をようやく捉《とら》えることができた。

安堵したのも束《つか》の間《ま》、突如襲《とつじょおそ》い掛かってくる猛烈《もうれつ》な吐《は》き気《け》。

私はあまりの気持ち悪さに体のバランスを失い、走る勢いのまま地面に投げ出された。

地面にぶつかった衝撃で意識が飛びかけ、跳《は》ねて転がる痛みに無理矢理《むりやり》覚醒《かくせい》させられる。

転がり続けた体が止まった際、ギリギリＨＰは残っていたけれど、状態は最悪だった。

具合の悪さは言うに及《およ》ばず、動かせるのは瞼《まぶた》くらい。

しかも瞼はどんどん重くなり、開けているのも辛《つら》くなってきた。

もう閉じてしまおうかと思ったけれど、狭《せば》まる視界の中に倒れたネロとクーガーの姿が映り、なんとか堪《こら》える。

攻撃を受けた様子も無かったのに、どうして……。

私が疑問に思っていると、答えは視界の隅《すみ》に示されていた。

それはゼロになった、ＭＰゲージ。

【操糸】も【供儡《くぐつ》】もジョブスキルで、ＭＰを消費する。

加えて私は、風哮を何度も使っていた。

風哮は強力な分、使う毎《ごと》にＭＰを一割近く持っていかれる。

ゲージがゼロになり倒れるという展開に既視感《きしかん》を覚えたけれど、迫《せま》り来るオーガ達の足音を聞きながら、私の意識は深く沈《しず》んでいった。


……………………………………………

…………………………………

……………………

…………………

…………

……

………

……

目が覚めた時、私は最初、死に戻《もど》りをしたのだろうと思った。

けれど、それにしては周囲がやけに騒々《そうぞう》しい。

立ち上がると、さっきまでの気持ち悪さが少しマシになっている。

辺りを見れば、私は街中ではなくまだ平原にいた。

そして騒音の原因は、土木工事に従事する冒険者達だった。

「これは一体……」

喧騒《けんそう》の中、私の疑問に答えてくれたのはカンナさんだった。

「あれは簡易的な防御陣地《ぼうぎょじんち》を造っているのよ。それより大丈夫？　ＭＰゼロになりながら継続《けいぞく》消費系のスキルを使うなんて、マリアちゃんは無茶《むちゃ》をするんだから」

「どういうことですか？」

「普通《ふつう》ＭＰがゼロになるだけなら、具合が少し悪くなる程度で済むの。けれど継続消費系スキルを複数同時に使用していると、マスクデータ的にMPがマイナス扱いになって、物《もの》凄《すご》く具合が悪くなるのよ」

なるほど、あの吐き気はそういうことだったんだね。

私は納得《なっとく》すると同時に、既視感の正体にも気付いた。

あれはカリュドスを倒《たお》した後のこと。満腹度がゼロになっていた私は、HPが減少しアレンさんの前で死んだ。

MPか満腹度かの違いはあるけれど、体調が悪くなった流れは一緒のはず。

つまり、また同じことをやらかしたわけだね……。

「でもどうして私がここに？　てっきり死んだと思ったんですけれど……あっ、それよりルレットさんは!?　ネロとクーガーは!?!」

「落ち着いてマリアちゃん。順番に答えてあげるから」

興奮した私を押し留《とど》め、カンナさんがゆっくり話してくれた。

「ルレットちゃんなら無事よ。今は女蠹《じょうおう》モードの反動でろくに動けないけど、じきに回復するわ。ネロちゃんとクーガーちゃんも大丈夫」

「良かった、三人が無事で……私達に付いてきた冒険者の人達は、どうなりましたか？」

矢継《やつ》ぎ早《ばや》な質問に、カンナさんがちょっと呆《あき》れたような顔をした。

「ワタシとしては、マリアちゃん自身のことをもっと気に掛けて欲《ほ》しいんだけど……まあ、それがマリアちゃんかしらね。彼等の殆《ほとん》どが無事よ。マリアちゃん達が文字通り、体を張って突破口《とっぱこう》を切り開いてくれたおかげね」

そっか、私の行動は無駄《むだ》じゃなかったんだね……あれ、でもちょっと待って。

「カンナさん、なぜ殆ど、なんですか？」

不吉《ふきつ》な予感がして、思わず声が硬《かた》くなった。

「ああ、それはマリアちゃんがどうして死なずに済んだのか、という疑問の答えとセットになるわね」

「？」

「倒れたマリアちゃん達を運んでくれた人達というか、集団がいるのよ。そのおかげでマリアちゃん達は無事だったんだけど、マリアちゃんはともかく、クーガーちゃんは体が大きいでしょう？　どうしても移動速度が落ちてしまう。そこでオーガ達の注意を引き付けるために、何人かが囮《おとり》になったの。殆どと言ったのは、囮役になった人達が死に戻ったからよ」

最後の言葉に血の気が引いた。

「そんな！　だとしたら私達の、私のせいでっ!!」

「いいえ、それは違います」

私の言葉を遮《さえぎ》るように言ったのは、弓を背負った三十代くらいの男性冒険者だった。

「我々はマリアさん、貴女《あなた》に助けられたのです。命懸《いのちが》けの、あの行為によって。彼等はそれに報《むく》いたに過ぎません。事実、囮役を募《つの》った時は希望者が多く大変でした。かくいう私も真っ先に挙手したのですが、『団長という立場を考えろバカ』『団体として動く必要がある時に寝言《ねごと》は寝《ね》て言えバカ』と、散々に罵《ののし》られました。いやはや面目無《めんぼくな》い、あはははは」

あははははって、笑い事じゃないでしょう！

それに囮役に希望者多数ってどういうこと？

だいたい、その〝団〟って一体何⁉

私の心の叫びが通じたのか、お辞儀《じぎ》と共に自己紹介《しょうかい》をしてくれた。

「申《もう》し遅れました。私はグレアム。ジョブは狩人系《かりゅうどけい》で幼教《ようきょう》……げふんげふん、とある団体のしがない団長を務めております」

なんだろう、不穏な気配のする言葉が混ざっていたような……。

訝《いぶか》しむ私の前で、目線の高さが合うようグレアムさんが膝《ひざ》を折った。

「彼等のことはお気になさらないでください……と言っても、貴女は気に病《や》むのでしょうね。でしたら戻って来た彼等に一つ、労《ねぎら》いの言葉を掛けて頂けませんか」

グレアムさんが目を向けた先には、エデンの街を出てこちらへ歩いて来る、三人の冒険者の姿があった。

彼等がグレアムさんの言う死に戻った人達なんだろうけれど、なぜか全員晴れやかな顔をしている。

そのことが気になり、私はお礼を口にするまで一瞬の間を要した。

けれど彼等にとって、その間は十分過ぎる時間のようだった。

「ああいう〝俺《おれ》を置いて先に行けっ！〟みたいなの、一度やってみたかったんですよ！」

「夢が叶《かな》いました！」

「最高に美味《おい》しいシチュエーション、ご馳走様《ちそうさま》です！」

いやいやいや、お礼をするなら私の方が先ですよ？

というか、なんで助けた方がお礼をしているのかな⁇

痛かったとか、ポイントが減ったとか、もっと他に言うことがあるでしょう。

それなのにお礼を言われてしまったら私は……私、は…………。

我慢しなくてはと思うのに、どうしても涙が溢れてしまう。

私が急に泣き出したせいで、皆《みんな》は困惑《こんわく》しているようだった。

泣くのを止めたくても、一度決壊《けっかい》した涙腺《るいせん》はなかなか元に戻らない。

場が混沌《こんとん》とし始めた、そこに。

〝ぐううぅ～っ〟と、気の抜《ぬ》ける音が鳴った。

「これはなんというか、その……」

「デスペナはなかったんだけど、満腹度はがっつり減るみたいで」

「シリアスな場面だというのに俺の腹め！　腹めっ!!」

最後に話した人は、叩《たた》いてお腹《なか》の虫を駆除《くじょ》しようとしている。

仕方がないことだから、気にする必要はないのに……。

「って、そもそもお腹を叩いちゃダメですから！」

私は泣くのも忘れ、思わず叱り付けるような声を出していた。

辺りが一瞬《いっしゅん》しーんと静かになり、そして。

「ぷっ」

最初はカンナさん。

「くはっ」

次がグレアムさん。

「「「あはははははっ」」」

最後が死に戻った三人。

「なんで笑うんですか⁉」

「だってマリアちゃんが、あまりにもマリアちゃんしているから……ねえ？」

「ええ、素晴らしくマリアさんしているかと」

「「激しく同意」」

あの、マリアしているって表現で納得しないでください。

少なくとも、私は納得していませんよ？

おかしい、シリアスな雰囲気《ふんいき》はどこへ行ったのだろう。

私の涙、返して欲しいなあ……。

遠くを見詰《みつ》め気を取り直した私は、改めて三人に向かい、頭を下げた。

「助けてくれて、ありがとうございました。それとお詫《わ》び……じゃないですね。お礼に、よかったらこれをどうぞ」

私はジャーキーを取り出し、皆に三つずつ配った。

団員の方は他にもいるらしいので、その人達の分も渡《わた》しておく。

ところで、なぜカンナさんも当然のように貰おうとしているんですか？

あなたは私から五十個も買《うば》ったでしょう⁇

グレアムさんと三人は、しばらくジャーキーを眺《なが》めた後、互《たが》いに顔を見合わせぱくりと食べた。

「お口に合えばいいんですけ……ど？」

ジャーキーを食べたグレアムさん達は、固まっていた。

ただし口だけは別の生き物のように動き、咀嚼《そしゃく》を続けている。

あっ、嫌な予感。

「「「旨いっ!!!」」」

出てきた言葉は綺麗《きれい》に揃《そろ》っていた。

「なんという味わいの深さ！」

「くそっ、どうして俺は今酒を持っていないんだ。誰か、誰か俺に酒をくれっ!!」

「食べ終わるのが辛《つら》過ぎる！　唾液《だえき》に染《し》み出した味だけで白飯三杯《さんばい》はいける!!」

「この旨《うま》さはもはや麻薬《まやく》といっても……いや、実際に麻薬に漬《つ》けて!?」

「麻薬なんて使ってませんっ!!!」

全く、私のジャーキーを危ない薬物みたいに……。

咀嚼する音が止《や》みジャーキーを飲み込むと、グレアムさんは不可解だと言わんばかりに口を開いた。

「むっ、ジャーキーが残り二つになっている」

「団長、一つ食べたんだからそれは……おかしいですね」

「至って普通なことですから！」

思わずツッコんだ私を誰が責められるだろう。

「ジャーキー食べる、ジャーキー減る……」

グレアムさんの虚《うつ》ろな目が、この場にいない団員さんの分のジャーキーに向けられる。

「これがあればジャーキー、増える……食える……ジャーキー……旨っ……」

「怖《こわ》い怖い！　怖いですからっ‼」

結局、私が自分用のジャーキーを更《さら》に渡すことで事態は収束した。

けれどその代償《だいしょう》は大きく、残されたジャーキーはもう数える程《ほど》しかない。

喜んで貰えたのは嬉《うれ》しかったけれど、既視感のある遣《や》り取りに苛《さいな》まれ、私はどっと疲《つか》れてしまった。

「よお大丈夫か……ってなんだお前。そんな疲れた顔をして」

マレウスさんがやって来たのは、追加のジャーキーを配り終えて直ぐのこと。

カンナさんはルレットさんの様子を見に、グレアムさんは団員の方にジャーキーを渡しに行くと言っていた。

……ちゃんと渡すつもりだよね？

後で確かめようと心に誓《ちか》っていると、マレウスさんが全体の状況《じょうきょう》を説明してくれた。

「取《と》り敢《あ》えず、俺達《おれたち》が助けた連中と連盟員で守りを固めている。中でもお前が体を張って脱出するのを手助けした連中には、土系統の魔法《まほう》を使える魔導士が多くてな。正直助かったぜ」

「土系統の魔法だと、どうして助かるんですか？」

「ＭＷＯじゃ特定のオブジェクトや地域を除き、プレイヤーが地形を操作《そうさ》できる。つっても一時的だけどな。それを活《い》かし、突貫《とっかん》だが土系統の魔法で堀《ほり》を作り、壁《かべ》を作った。強度を出すのに苦労したが、おかげで被害《ひがい》は最小限に抑《おさ》えられている」

想うままに行動した結果だけれど、こんな形で繋《つな》がるなんて……。

嬉しさが、ふっと込み上げてきた。

「何しろレイドが組めねえからな。造った拠点《きょてん》に集まり、意思の共有を図《はか》れるのはでけえ。今の状況でバラバラに戦ったら、下手をすると味方の攻撃で殺《や》られかねん。いわゆる、フレンドリーファイアだ」

「フレンドリーファイア？」

「お前そんなことも知らねえのか……って、そういえばゲーム初心者だったな。俺達の予想の斜《なな》め上ばかり行くから、すっかり忘れていたぜ」

「私、貶《けな》されています？」

「むしろ褒《ほ》め……ているかは置いといて」

「はぐらかされた⁉」

「置いといて！　フレンドリーファイアってのは、日本語で言えば同士討《どうしう》ち。ＭＷＯじゃ、パーティー外のプレイヤーからの攻撃は、普通に食《く》らうのが仕様だ。ルレットの女鑾《あれ》モードは例外だが」

「へえ、そんな設定があったんですね」

「むしろそれを知らずに、お前はよくあの状況を切り抜けたな」

「それは褒めていますか？」

「褒めて……やらんでもない」

「もう、またそうやってツンツンしちゃうんだから。女であるワタシ達にとって、素直《すなお》にデレてくれた方が、時にはぐっとくるものよ？　あなたのお気に入りのマルシアちゃんも、そう言っていたわ」

戻ってきたカンナさんが、マレウスさんのデリケートなところを衝《つ》く。

やっぱり女の人は恋話《こいばな》が好きで、つい弄《いじ》ってしまうのかな？

でも、私はカンナさんのデリケートなところを衝かないよ。

今は止めてくれるルレットさんもいないし。

「マジか！　ってバカ、俺はそんなんじゃねえって何度も!!」

「はいはい、とにかく今はこれからの対策よ」

自分で弄っておきながら、マレウスさんの反応はぶった切《ぎ》るカンナさん。

相変わらず容赦《ようしゃ》ないけれど、これで険悪にならないのが不思議だ。

「ひとまず、この流れを作ったワタシ達に方針は任されたわ。グレアムさん達が積極的に賛同してくれたのも助かったわね。おかげで大きな反対も出なかったし」

「でも、多少は反対されたんですよね？」

「あのねマリアちゃん。多くの人が集まり何かを決める時、反対する人は必ずと言っていい程出てくるわ。特に考えがあるわけでも無いくせに、主導権を握《にぎ》られるのが気に食わないとか、そんな理由でね。だから、

『なら代案出せゴルァッ！』

ってちょっぴり声を荒《あら》くしたら、静かになったわ」

〝てへっ〟という擬音《ぎおん》が聞こえてきそうな仕草と共に、舌を出すカンナさん。

ドスの利《き》いた、今の声が地声なんですね……。

何度も言うけれど、見た目は完全に女性な人がそんな声を出したら、色んな意味で反対できる人はいないと思う。

「話を戻すわね。これまでの戦いから、大体の傾向《けいこう》は掴《つか》めたの。モンスターの名前はオーガ・クラウィス。武器は剣《けん》、斧、槍、杖《つえ》の四種で、常に一塊《ひとかたまり》で行動するわ」

「一塊……」

あの場から離脱《りだつ》することを優先したとはいえ、クーガーの突進《とっしん》を以《もっ》てしても、多分オーガは一体も倒せていないと思う。

そんな相手と四体同時に戦うなんて、私にはどうすれば良いか見当もつかない。

「剣は物理攻撃と魔法攻撃《まほうこうげき》に耐性《たいせい》のある、いわば壁役ね。斧は防御力《ぼうぎょりょく》無視の攻撃をしてくる前衛、槍はこちらの遠距離《えんきょり》魔法攻撃《まほうこうげき》を打ち消す、中衛といったところかしら」

こちらの攻撃全般《こうげきぜんぱん》に耐性があり、防御力は無視され、おまけに遠距離からの魔法攻撃は効かないと、そうですか……。

言葉を反芻《はんすう》する私の目は、遠い彼方《かなた》を向いていたと思う。

「遠距離攻撃をしてこないことが、せめてもの救いね。けど更に厄介《やっかい》なのが、杖《つえ》を持った一際《ひときわ》お腹の大きいオーガ、オーガ・パンドラの存在よ」

パンドラって、あの有名な箱がモチーフなのかな？

あまり良いイメージが無いのだけれど……。

「パンドラは常にクラウィスから守られる位置にいて、クラウィスへ回復を行うわ。そしてクラウィスも、一定のダメージを受けるとパンドラの守りを優先し、前に出て来なくなるの。パンドラとクラウィスが連携《れんけい》するせいで、有効なダメージを与えることがより難しくなっているわ。遠距離攻撃でパンドラを狙《ねら》うにもクラウィスが邪魔《じゃま》だし、クラウィスを先に倒そうとしても、パンドラに回復される」

「聞けば聞く程、打開策が無いように思えるんですが」

「それについては考えがあるわ。そうよね？　マレウスちゃん」

弄られたことを根に持っているのか、マレウスさんが不機嫌《ふきげん》そうな顔をして答える。

「ったく……打開策なら、ある」

「そうなんですか？　それなら良かっ」

「ちなみにその鍵《かぎ》はマリア、お前だ」

全然良くなかった！

そしてマレウスさんの言う打開策を聞かされた私は、責任の大きさにまたも意識を失いそうになった。

マレウスさんから大役を任せられた私は、拠点の後方で地面に座《すわ》り、【瞑想《めいそう》】スキルを使いMPの回復に努めていた。

【瞑想】は待機状態におけるMP回復速度を向上させるスキルで、これなら五分もすればMPが全回復すると思う。

待機状態で他にすることもなく、私は目を閉じこれまでの出来事を振《ふ》り返っていた。

怒涛《どとう》のような展開だったなあ……。

モンスターラッシュに始まり、ネームドによる奇襲《きしゅう》、ルレットさんの暴走に、オーガ達の出現と窮地《きゅうち》からの脱出《だっしゅつ》。

イベントの時間は、残り半分。

もう半分経ったと思うべきか、まだ半分しか経っていないと思うべきか……。

いずれにしろ、このままでは終わらない気がする。

あのメフィストフェレスなら、もっと悪辣《あくらつ》なことを考えていそうだしね。

ただ、それがどういう形で現れるのかは分からない。

何かを見落としている、忘れているような気もするのだけれど……。

目を開き見上げると、空に浮かぶ月は半分以上欠けていた。

そのせいか、私がジルファリスと遭遇《そうぐう》した時よりも周囲は暗くなっている。

今や明かりか【暗視】スキルが無いと、距離《きょり》によっては視認《しにん》することさえ難しい。

もう十分大変だというのに…………あれ？

なんで月が半分以上欠けているのだろう⁇

イベントの経過時間に連動していた場合、月は半分に欠けているはず。

でもそうじゃないとしたら、月は一体何に連動しているのだろう……。

考えてみたけれど、答えは出ず。

カンナさんに呼ばれたこともあり、私は思考を打ち切って皆《みんな》の許《もと》へ向かうことにした。


拠点の中央に赴《おもむ》くと、そこにはマレウスさんとカンナさんが選んだ、近接戦闘を得意とする人達《ひとたち》が並んでいた。

戦いを前に皆緊張《きんちょう》はしているようだけれど、その表情を一言で表すなら、不敵。

既《すで》に武器を構えている人もいて、心強い限りだね。

私はカンナさんに示された場所に立ち、皆の姿に勇気をもらい、話し始めた。

「危険な役目にも拘《かか》わらず、引き受けて頂きありがとうございます」

心に浮かんだ言葉を、そのまま口にする。

「皆さんにお願いしたことは、成功する保証が無い上に、ポイントに繋がるわけでもありません。それなのに、死んだら保持しているポイントは減少してしまう。はっきり言って、貧乏《びんぼう》くじです」

一度言葉を区切り反応を窺ってみたけれど、彼等《かれら》は真剣《しんけん》な面持《おもも》ちで私の言葉に耳を傾《かたむ》けていた。

「ですが皆さんの協力によって活路は開くと、私達は……私は、信じています」

静から動へ。

静寂《せいじゃく》を破り、武器を打ち鳴らす人が出始める。

「私にできるのは、一緒に戦うこと。作戦が失敗し皆さんが力尽《ちからつ》きるとしたら、私も精一杯《せいいっぱい》抗《あらが》って、跡《あと》を追います。その後の対応は、マレウスさんがなんとかしてくれるでしょう」

「おまっ、何を勝手に！」

慌てるマレウスさんを見て笑いが起こり、武器を鳴らす音は一層大きくなった。

この雰囲気なら、きっと大丈夫《だいじょうぶ》。

「行きましょう、反撃《はんげき》の狼煙《のろし》を上げに！」

「「「「おおうっ!!!」」」」

打ち鳴らす音に歓声《かんせい》と足踏《あしぶ》みする音が重なり、地鳴りのような音が周囲に響《ひび》き渡る。

その音に鼓舞《こぶ》され、私達は新たな戦いの火蓋《ひぶた》を切った。


始まりはモンスターラッシュと同様、遠距離攻撃を得意とする人達による一斉攻撃《いっせいこうげき》。

ただし攻撃の主体は弓矢で、魔法は使われていない。

指揮はグレアムさんが取り、矢を放つタイミングを合わせることで、本来〝点の攻撃〟である矢による攻撃を〝面の攻撃〟へと変えていた。

降り注ぐ矢に圧され、拠点に取り付こうとしていたクラウィス達が、パンドラを守りながら後退することを余儀無《よぎな》くされる。

その距離が五メートル、十メートルと開いていき、やがて十五メートルになろうかという時、スキル使用後の待機時間の影響《えいきょう》か、矢の圧力が弱まった。

即座《そくざ》にパンドラが回復を行い、クラウィス達が前進を始めようとするけれど、それよりも早く駆《か》け出す複数の人影《ひとかげ》があった。

マレウスさんとカンナさんにより選ばれた、近接戦闘を得意とする人達だ。

距離を詰められ、当然のようにクラウィス達が迎撃《げいげき》してくるけれど、彼等は正面から挑《いど》み、躱《かわ》していく。

それを可能としているのが高いAGIと、ジャーキーによる料理バフ、AGI＋八。

私はバフの影響の凄《すご》さが良く分かっていないのだけれど、彼等曰《いわ》く『全然違《ちが》う』らしい。

彼等に注意が向いている中、私は自分の務めを果たすべく、クーガーを駆り端《はし》にいるオーガの一団に接近した。

いつもよりDEXが落ちているけれど、そこまで気になる程じゃないね。

狙うのはパンドラ……ではなく、槍を持ったクラウィス。

盗賊系《とうぞくけい》ジョブの人に向かって槍が突き出された瞬間《しゅんかん》を狙い、私は【操糸】で銀色に輝《かがや》く糸を伸《の》ばし、クラウィスに巻き付けた。

今装備しているのは【大蜘蛛の粘糸】ではなく、【魔銀《まぎん》の糸《いと》】。

その装備特性である伸縮性《しんしゅくせい》により、極細《ごくぼそ》のワイヤーと化した糸がクラウィスの皮膚《ひふ》を切り裂《さ》き、肉の途中《とちゅう》まで食い込んだ。

切断までは至らなかったけれど、これは予測済み。

そしてここからが作戦の要、マレウスさんの読み通りにいくかどうか……。

「ネロ！」

「ニャッ！」

私が伸ばした糸に、ネロが琴《こと》を弾《ひ》くように光る猫《ねこ》パンチを叩《たた》き付ける。

光の正体は、雷《かみなり》。

それは金属製の糸を伝い、瞬《またた》く間にクラウィスへと伝播《でんぱ》した。

ビクンッと体を震わせたクラウィスが、ガクガクと痙攣《けいれん》した後、大きな音を立てて地面に倒れ込む。

よし、上手《うま》くいったみたいだね！

遠距離からの魔法攻撃は無効化しても、内側からの魔法攻撃は対処できないだろう、というのがマレウスさんの読み。

その読みは的中し、雷による痺《しび》れも与《あた》えている。

注意を引いてくれた盗賊系ジョブの人に頷《うなず》くと、サイリウムのように光る【光石《こうせき》】が一つ、頭上に向け投げられた。

私達がその場から全速力で離脱して直《す》ぐ、魔道士系ジョブの人達による高火力の魔法が放たれ、着弾《ちゃくだん》する。

遠距離魔法攻撃を打ち消す役目がいなくなり、爆撃《ばくげき》のような魔法を諸《もろ》に受け、残されたオーガ達が次々と倒れていく。

すると後方からも【光石】が投げられた。

その数は二つ。

予《あらかじ》め【光石】が二つ投げられた場合は続行、三つの場合は退却《たいきゃく》と決められていた。

パンドラだけがまだ残っていたけれど、私はその相手は他の人に任せ、槍を持った別のクラウィスに向かい、ネロと一緒に無力化していった。


反撃開始から二十分。

危険な役目を担《にな》ってくれた数人が、クラウィスの攻撃を躱しきれず下がる場面はあったものの、状況は順調に推移し、拠点を囲んでいたオーガ達を倒すことができた。

犠牲者《ぎせいしゃ》が出なかったことを踏《ふ》まえれば、作戦は成功したと言っていいと思う。

けれど、ここで想定外のことが起きた。

それはＨＰがゼロになったにも拘《かか》わらず、その場に残り続けるパンドラの存在。

動く気配は無く、まるでオブジェクト化したようだと知らされていた。

困惑が広がる中、私もパンドラに近付いてみたけれど、確かに何の反応も無い。

明らかに不自然だし、このまま放置して良いとは思えないんだよね……。

どうしたものかと悩む私の前で、ネロがパンドラのお腹を頻《しき》りに引っ掻《か》いていた。

「ネロ？」

身を屈《かが》めネロに顔を近付けた、その時。

聞こえないはずの音が耳に入ってきた。

「まさか……」

音の存在が、忘れていた何かと望ましくない形で符合《ふごう》する。

躊躇《ためら》いながらパンドラのお腹に耳を当てると、弱々しくも一定のリズムを刻む音が、確かに聞こえた。

「マレウスさん、カンナさん！　【解体《かいたい》】スキルを持っている人を至急《しきゅう》集めてください!!」

二人が何事かと聞いてきたけれど、問答をしている時間も惜《お》しいのでとにかく動いてもらう。

その間、私は他の人に決してパンドラに触れないよう伝えた。

やがて二人が連れて来た人にパンドラを解体してもらうと……。

「おいおい、こう繋げてくるのかよ……」

「これを演出というには、随分《ずいぶん》と悪趣味《あくしゅみ》ね……」

不快さを滲《にじ》ませながらも、どこか納得したように二人が溢《こぼ》す。

パンドラを解体し出てきたのは、人だった。

おそらく、第二の街から姿を消したという住人の方だ。

幸い一命を取り留めることはできたけれど、衰弱《すいじゃく》が激しい。

「カンナさん、回復魔法を掛けてもらってもいいですか？」

「任せて。けどここはまだ危ないから、街に運んだ後の方が良いわね」

「それなら、西門から近い場所にある教会へ。シスターをしているエステルさんに事情を伝えれば、きっと力を貸してくれます」

「もしかして、パンドラ全部に人が入ってんのか？」

「その可能性が高いです。急いで解体しないと、手遅《ておく》れに」

続けようとした言葉は、けれど頭上から降る声により遮《さえぎ》られた。

「なんと！　まさかこれ程鮮《ほどあざ》やかに対処されてしまうとは‼」

見上げると、そこには月の欠けた夜空よりもなお暗く、黒い存在……メフィストフェレスが拍手《はくしゅ》をしながら佇《たたず》んでいた。

「仲間の損害を抑え、着実に相手の戦力を無力化していったその手腕《しゅわん》、敬服致《いた》しました。クラウィスを倒すことで、パンドラの〝箱〟を開ける〝鍵〟を手に入れる……私の描《えが》いたシナリオとしては最善！　しかし、その遣《や》り方《かた》では効率が悪いと思われた方も、少なくなかったようですね」

「どういう意味ですか？」

「戦いにおいて、回復役を真っ先に潰《つぶ》すことは定石。それが最も効率的で、賢《かしこ》い選択《せんたく》なのは否《いな》めません。あちらの方々のように」

メフィストフェレスが指を鳴らすと、空中にスクリーンが現れ、そこにはパンドラから倒す攻略組《こうりゃくぐみ》の姿があった。

倒されたパンドラは黒い粒子《りゅうし》を撒《ま》き散らし、消えた。

私達の時とは違い、後には何も残っていない。

これって、中にいた人も一緒に消えてしまったんじゃ……。

戦慄《せんりつ》する私の前で、惨劇《さんげき》は至る所で繰《く》り広《ひろ》げられていった。

今直ぐ駆け寄り止めたいけれど、間に合うはずもなく。

歯噛《はが》みする私は、そこであることに気付いた。

彼等がパンドラを倒した後、クラウィスを無視していることに。

「パンドラを倒し得られる〝報酬《ポイント》〟が他よりも多い点に、気付かれたのでしょう。これが彼等にとっての、最善。効率的に〝報酬〟を獲得《かくとく》することを目的とするならば、理に適《かな》った戦い方です。しかし私の描いたシナリオにおいては、最悪。ご覧ください。黒い怨嗟《えんさ》の声が、月を己《おの》が色で染め上げていきますよ」

知らぬ間に三日月のように細くなっていた月が、地上から昇《のぼ》る黒い粒子に侵食《しんしょく》され、僅《わず》かに発していた光と共に姿を消す。

辺りを覆《おお》うのは、漆黒《しっこく》。

そんな中、メフィストフェレスは赤い双眸《そうぼう》を楽しそうに歪《ゆが》めながら、告げた。

「皆様《みなさま》、演目〝最後へと到る階梯〟、よくぞ演じ切ってくださいました。これより終幕。演目の名は〝最期《さいご》へと至《いた》る階梯《かいてい》〟。その階梯の行先は……」

こちらの不安を煽《あお》るよう意図的に作られた間に、誰《だれ》かがごくりと唾《つば》を飲んだ。

「断頭台でございます」

優雅《ゆうが》に一礼した、メフィストフェレスの背後。

消された月が泣いたかのように、空から黒い雫《しずく》が落ちてきた。

おそらくあれが終幕の相手、〝厄災《やくさい》〟だと思う。

けれど私達がまず目にしたのは、姿ではなく浮《う》かび上がる名前だった。

その名は〝ネメシス〟と読めた。

第三章 ▼▼ 真里姉と死闘

ネメシス《厄災》。

その名が現れると同時に、漆黒の空に無数の星が瞬《またた》いた。

現実の星空を再現するかのように、不規則に鏤《ちりば》められた星達。

けれど現実とは異なり、その色は一つの例外も無く赤かった。

それは血飛沫《ちしぶき》にも似て、瞬く赤は生々しく、幻想的《げんそうてき》というより不吉でしかない。

その星々が空から落ち、七つの門に次々と吸い込まれていく。

門は星を吸い込む度《たび》に血管のような模様を広げていき、門全体が覆われると一斉《いっせい》に光を放ち始めた。

光の色は、月と同じ黄色味《きいろみ》を帯びた柔《やわ》らかな銀色。

それは私達を明るく照らしているけれど、門に囲まれ逃《に》げ場《ば》のない状況では、罪人を追い詰《つ》める探照灯《サーチライト》のように思えた。

最初に現れた門の前、闇《やみ》と同化していたネメシスが、光を受け白日の下に晒《さら》される。

まず目に入ったのは、背中に生えた二対の翼《つばさ》。

頭には薔薇《ばら》を編んで作られた真紅《しんく》の冠《かんむり》が載《の》っており、伏《ふ》せるように閉じられた目はどこか憂《うれ》いを帯びている。

女性らしい妖艶《ようえん》な曲線を描くその体は、左右対称《たいしょう》で調和が取れており、神々《こうごう》しさを覚える程だった。

けれど、美しいと形容できるのはそこまで。

下腹部の下にあるのは脚《あし》ではなく、ぬらりと光る鱗《うろこ》を纏《まと》った太い尾《お》。

上半身の美しさがあるからこそ、大蛇《だいじゃ》のような下半身はよりグロテスクに見えた。

腕《うで》は左右で三本ずつあり、それぞれ、槍と斧の特徴を備えた長柄《ながえ》の武器を持っている。

マレウスさんが言うには、ハルバートという武器に似ているらしい。

ハルバートの刃《やいば》は広く分厚い。しかしギラリと光るそれが鈍《なまくら》には思えず、むしろどれだけ鋭利《えいり》なのか不安を覚えた。

腕の数でいえば阿修羅《あしゅら》を彷彿《ほうふつ》とさせるけれど、凶悪《きょうあく》なハルバートがネメシスを悪魔《あくま》のように見せている。

ただスクリーン上に映る攻略組にとって、そんなネメシスもポイントの塊《かたまり》でしかないのか、ネメシスが未《いま》だ動きを見せないうちに、続々と行動を開始していた。

まず重装備の人達が前に出て密集し、壁となる。

それに合わせ、近接攻撃を仕掛けるジョブの人達が、素早《すばや》くネメシスの背後へ回り込む。

少し離《はな》れた所には、狩人《かりゅうど》と魔道士《まどうし》のジョブを中心とした人達が控《ひか》え、攻撃《こうげき》する機会を窺《うかが》っていた。

スキルや魔法によるバフは絶え間なく飛び交《か》い、多くの人が何かしらのエフェクトに包まれている。

互いに仲間意識を持っているのかは分からないけれど、その動きには無駄《むだ》が無い。

「さすがに場慣れしているな。初見の敵で、連携確認《れんけいかくにん》もしてねえのに動きが的確だ」

「実際はパーティー単位に、無難《ぶなん》な布陣《ふじん》をしただけでしょう。統率《とうそつ》が取れているわけじゃないわ。これで不測の事態でも起きたら……」

マレウスさんの言葉に、不穏《ふおん》な言葉を添《そ》えるカンナさん。

私達がスクリーン越《ご》しに眺《なが》めていると、やがて彼等は攻撃に移った。

壁役の人達が一斉に【挑発《ちょうはつ》】スキルを使い、狙い通りネメシスの攻撃を誘《さそ》う。

ネメシスの攻撃は、ハルバートによる横薙《よこな》ぎの一撃《いちげき》。

待ち受ける彼等は、見るからに防御力の高そうな盾《たて》や鎧《よろい》を身に着け、バフも十分掛けられている。

ダメージを負ったとしても、ネメシスの一撃を防ぐことは十分できる……はずが。

「嘘《うそ》だろ……」

マレウスさんが絶句する横で、私も言葉が出なかった。

斧を持ったオーガ・クラウィスの攻撃は、こちらの防御力を無視し、HPに直接ダメージを与えてきたけれど、ネメシスは違う。

その一撃はHPだけでなく、彼等が装備している防具をも両断した。

物が壊《こわ》れる際のエフェクトが現れ、僅かな後、持ち主と共に消えていく。

ただの一撃で、MWOトップクラスの壁役が呆気《あっけ》なく半壊《はんかい》した。

次に狙われたのは、ネメシスの背後へ回っていた人達。

驚愕《きょうがく》の光景を目にし、思わず足が止まったのを後悔《こうかい》するより早く、繰り出されたハルバートの突《つ》きを食らい、先に倒《たお》れた彼等と同じ運命を辿《たど》る。

遠距離攻撃を放つべきか迷っていた人達には、翼を広げたネメシスから羽根が飛ばされ、散弾《さんだん》のように降り注いだ。

それにどれだけの威力《いりょく》があったのかは分からないけれど、地面を埋《う》め尽《つ》くす程に突き立った羽根を見れば、防御力の低い後衛職に耐えられるとは思えなかった。

防御《ぼうぎょ》の要と、攻撃の要。

その両方を一瞬《いっしゅん》で失うという不測の事態に、彼等は酷《ひど》く混乱していた。

さっきまでの整然とした動きは、もはや見る影《かげ》も無い。

散発的な攻撃を加えてもネメシスに効いた様子は無く、逆に注意を引いてしまい、倒される姿を消していく。

「こうなると、立て直すのは容易ではないわね」

呟《つぶや》くカンナさんの声が、酷く重たげに聞こえた。

沈《しず》んだ空気が広がる中、果敢《かかん》にもネメシスへ攻撃を仕掛《しか》ける一組のパーティーがあった。

それは各ジョブのトップクラスが集まる、レオンのパーティー。

ネメシスと正面から向き合うのは戦士系のレオンと、盗賊系の男の人。

魔道士系のミストと聖職者系の女の人は後方に控え、騎士《きし》系のギランはその前にいた。

カンナさんが言うには、盗賊系の人がアークス、聖職者系の人がロータスという名前らしい。どちらも、実力的には間違《まちが》い無《な》くトップクラスとのことだった。

戦いは、近付くアークスをネメシスが迎撃する形で始まった。

六本の腕から繰り出される苛烈《かれつ》な攻撃を、アークスがＡＧＩの高さに物を言わせ、次々と躱していく。

凄い……あんな攻撃、私一人なら躱すどころか反応もできずにやられているよ。

クーガーに乗って走り続けていたら、違うかもしれないけれど。

アークスがネメシスを引き付けている間、レオンと後方の三人は動かない。

けれど攻撃がよりアークスに集中し、ネメシスがレオンに対し直《す》ぐには反撃できない状態となった、その時。

レオンはスキルを発動しながら即座にネメシスへ接近すると、光《ひか》り輝く両手剣を勢い良く振り下ろした。

タイミング含め、完璧《かんぺき》としか思えない一撃が入る。

「今度こそ……」

誰かが呟く。

それは真希《まき》に教えてもらった、フラグというやつじゃないかなあ。

別の意味で心配になっていると、フラグが効いたのか、ネメシスは無傷《むきず》だった。

アークスへの攻撃を中断したネメシスが、ハルバートと共に憐《あわ》れむような目をレオンに向け、表情とは矛盾《むじゅん》した殺意溢《あふ》れる攻撃を放つ。

レオンは攻撃が終わるのと同時に距離をとっており、また反撃の難しい位置にいたことで危な気無くそれを避《よ》けた。

息詰まるような攻防《こうぼう》は、まだ続く。

レオンが離れたのを見計らい、長い詠唱《えいしょう》を終えたミストの魔法が炸裂《さくれつ》する。

魔法はネメシスの顔面で大爆発《だいばくはつ》を起こし、炎《ほのお》と煙《けむり》で包まれた様子にミストが胸を張るけれど、一対《いっつい》の翼が羽ばたきを見せるや、慌《あわ》ててギランの後ろに隠《かく》れた。

間髪《かんはつ》を容《い》れずに降ってくる、羽根の雨。

地面は前回と同様、突き刺《さ》さる羽根で酷い有様《ありさま》だったけれど、盾を構えたギランは倒れることなく、背後のミストとロータスを守り抜《ぬ》いていた。

初めてネメシスの攻撃を凌《しの》ぎ切ったことに、周囲から歓声があがる。

私も凄いと思ったのだけれど、マレウスさんとカンナさんは逆に表情を険しくしていた。

「こりゃあまずいな」

「ええ。今ので心が折れたプレイヤーもいるはずよ」

「どうしてですか？」

「確かにネメシスの攻撃は凄いだが、あれだけの攻撃で、ネメシスへのダメージが通ってねえからだ」

「せめてギミックの兆候があれば違うんだけど、一連の攻防でそれを確認《かくにん》できなかったのは痛いわね。ちなみに、ギミックは仕掛けとか仕組みって意味よ。ギミックを攻略しないと、与えるダメージが極端に小さくなったりするわ」

「もっともギミックを確認できたからといって、レイドを組めないこの状況じゃ、どうにもならねえけどな。何回試行錯誤《しにもどり》すればいいのか、見当もつかん」

「そうね……マリアちゃんは覚えているかしら？　今回のイベント、死ぬとポイントが減るのよ」

「……あっ」

そこまで言われて、私も気が付いた。

彼等の目的は、イベントで多くのポイントを得ることだ。

そして告知の中で、イベントをクリアできなかった場合の扱《あつか》いは、特に記されていない。

「イベントをクリアできなくても、それまでに得たポイントが維持《いじ》されるなら……」

「そういうことよ。実際死に戻《もど》った攻略組の連中、フィールドに戻って来ているけど、その場から動こうとはしていないでしょう？」

振り返ると、いつの間にか西門の前に人集《ひとだか》りができていた。

皆《みんな》スクリーン越しにレオン達の戦いを見ているけれど、協力しに行くとか、そういう感じは無い。

むしろその目は『早くお前達も失敗しろ』と言っているかのようだった。

彼等の負の感情が、心へ澱《おり》のように溜《た》まる感じがして、私はその不快さに思わず胸を押《お》さえた。

やがて粘《ねば》っていたレオン達も、ネメシスが歌に乗せた全体攻撃を放ったことにより、アークスが脱落。

不利を悟《さと》ったレオンはギラン達の所に引いたけれど、そこへ羽根の嵐《あらし》が襲《おそ》い掛かった。

これまでと違い止《や》まないそれは、逃げることも許さず。

一塊《ひとかたまり》になった彼等を、容赦なく死に戻らせていった。

レオン達が全滅《ぜんめつ》し、辺りに静寂が広がる。

誰も、何も言葉を発しない。

「おや、皆様が呼び出したネメシスはお気《き》に召《め》しませんか？　手間隙《てまひま》を掛けたつもりですが、皆様に楽しんで頂けないのであれば、演出家として痛恨《つうこん》の極《きわ》み……ですから」

メフィストフェレスが手を叩《たた》くと、ネメシスは蛇《へび》のような下半身をうねらせ、前進を始めた。

その先に居るのは、私達冒険者《わたしたちぼうけんしゃ》。

そして私達の後方に在るのは、エデンの街。

〝始《はじ》まりの平原《へいげん》〟は七つの門に囲まれ、街の西門以外は出ることを制限されており、逃げ場はどこにも無い。

メフィストフェレスが言っていた、断頭台。

ネメシスは断頭台の刃と化し、私達に迫《せま》っていた。

「このように、より楽しんで頂く演出を愚考《ぐこう》した次第《しだい》です。皆様におかれましては、引き続き終幕をお楽しみ頂ければと願ってやみませんが……既《すで》に、私の舞台《ぶたい》に飽《あ》きられた方もおられる御様子《ごようす》」

視線を向けられ、多くの人が目を逸《そ》らした。

「ああ、なんということでしょう！　皆様に楽しんで頂くどころか、飽きさせてしまうなど、非才なこの身を呪《のろ》わずにはいられません……では贖罪《しょくざい》として、この舞台から降りることができる魔法陣《まほうじん》を、今より五分間、展開致します。その際、これまで皆様が獲得された報酬《ポイント》は保証致します。ただし、魔法陣は一方通行。一度舞台《ぶたい》を降りたが最後、二度と舞台に上がることは叶《かな》いません。努々《ゆめゆめ》、ご注意ください」

メフィストフェレスが一礼すると、西門の側に青く光る魔法陣が現れた。

「「「「……」」」」

誰も、動かない。

正確には、動きたいけれど自分が最初になるのを嫌《いや》がっている、そんな風に見えた。

微妙《びみょう》な空気を壊したのは、死に戻りしていたレオンのパーティー。

彼等は迷わず魔法陣へと向かって行く。

「こんな理不尽《りふじん》なイベント、馬鹿《ばか》らしくて付き合っていられないね」

「レオンの言う通りだし。ウチ、後でこのイベント考えた運営にクレーム入れるし！」

イベント自体を非難しレオン達が魔法陣の上に乗ると、彼等の姿は一瞬でその場から消えた。

動く切っ掛けが現れたことで、牽制《けんせい》し合っていた人達が雪崩《なだれ》を打って魔法陣へ殺到《さっとう》する。

攻略組が殆《ほとん》どだけれど、私達と一緒にオーガを倒した人も、少なからず交ざっていた。

勝ち目の無い相手を前に、苦労して手に入れた物やポイントの消失を避けられる道があるなら、その選択も無理はないと思う。

私も失うことを恐《おそ》れ、同じ選択をしたかもしれないしね。

ただ、その選択を選べない理由が私にはある。

それはここを離れた結果、私にとって失うモノが何かということだ。

装備なら、頑張ればまた手に入る。

ポイントは、まあ最初からどうでもよかったかな。

でも一番大事なモノは、失ったが最後、取り返しがつかないんだよね。

それに……。

「約束したしね。待っていてください、って」

私は糸を【魔銀《まぎん》の糸《いと》】から【大蜘蛛《おおぐも》の粘糸《ねんし》】に替《か》え、クーガーとネロを喚《よ》び直した。

手を向けると二人は甘《あま》えるように頭を擦《こす》り付けてきて、柔らかな毛並みがくすぐったい。

「マリアちゃん……」

「まさかお前」

私はカンナさんとマレウスさんに向き直り、頭を下げた。

「ルレットさんを頼《たの》みます。迷惑を掛けるようなら、遠慮なく私をパーティーから外してください」

ここからは、私の我儘《わがまま》だしね。

私はネロを肩《かた》に乗せクーガーに跨《また》がると、誰もいなくなった平原を駆け出した。

その先には、こちらへ近付いてくるネメシスの姿が。

ネメシスとの距離が縮まるにつれ、大きく映る異形《いぎょう》がプレッシャーとなり、重く伸し掛かってくる。

クーガーに乗っているからいいけれど、自分の足で立っていたら膝《ひざ》が震《ふる》えろくに動けなかったかもしれない。

こんな相手を前に、レオン達はよく躊躇《ちゅうちょ》せず立ち向かえたね。

色々含《ふく》むところはあるけれど、その点に関しては素直《すなお》に凄いと思う。

それに彼等の戦いがあったからこそ、私なりの考えを持ってネメシスに挑むことができるのだし。

幸い周囲には私達しかおらず、空間を広く使っても誰かに迷惑《めいわく》をかける心配は無い。

気に掛けるべきは、ネロとクーガーの二人だけ。

後は私が、頑張るのみ。

「ネロ、クーガー……苦しい戦いになると思うけれど、力を貸してね」

「ニャニャッ！」

「グオゥグオオオゥッ！」

二人の頼もしい鳴き声に励《はげ》まされ、疾走《しっそう》する私達はついに、ネメシスのハルバートの攻撃圏内《けんない》に突入《とつにゅう》した。

最初の攻撃は、リーチの長い突き。

その攻撃は速いけれど直線的で、距離を取っている今、クーガーなら躱すことができる。

鋭《するど》い刃が私達の側を通り抜け、地面に減《め》り込む。

押し寄せる風に体を揺《ゆ》さぶられながら、クーガーに掴《つか》まり耐えていると、二撃目、三撃目がやってきた。

その攻撃を私とネロで【クラウン】を発動し、クーガーから少し離れた位置に誘導《ゆうどう》する。

ずらせる距離は僅かだけれど、クーガーにはそれで十分だった。

何度も攻撃を躱していると、不意にネメシスが前進することを止めた。

代わりに、六本の腕が私達を排除《はいじょ》すべく一斉に構えられる。

「思った通り、倒せなくてもやれることはあるみたいだね」

ネメシスを中心に、ぐるりと円を描くよう私はクーガーを走らせた。

注意するのは離れ過ぎないことと、近付き過ぎないこと。

離れ過ぎれば、多分翼による攻撃が飛んでくる。

ギランは耐えていたけれど、私が耐えられる可能性はゼロだ。

そして近付き過ぎてしまえば、ハルバートによる攻撃の種類が増えてしまう。

縦の振《ふ》り下ろしはともかく、横薙ぎはまずい。

伏せても避けられないギリギリの高さで攻撃されたら、クーガーのジャンプ力では対処できないだろうしね。

だからとにかく止まらず、ネメシスには突きだけを行わせ、私はネロと一緒《いっしょ》に【クラウン】を使い、クーガーが避け易《やす》いようサポートに徹《てっ》する。

もっとも、攻撃に対する反応はネロの方が早く、【クラウン】は実質任せているようなものなんだけれど……あれ？
そうすると私のサポートというか、存在意義って……。
「ニャンッ！」
戦いの最中に余計なことを考えていた私を叱《しか》るように、ネロが鳴いて警告を発した。
見ればネメシスが口を開こうとしている。
あれはレオンのパーティーを全滅に追い込む切っ掛けとなった、全体攻撃。
私達のここまでの動きなら、ＡＧＩを特化させた人にもできると思う。
けれど、そういう人ではこの全体攻撃を防げない。
アークスが身を以《もっ》て証明済みだからね。
だから、ここからが私達《わたしたち》にしかできないこと。
「クーガー！」
「グオゥッ！」
私の声にクーガーが頭の向きを変え、風哮を側面に展開する。
直後、風の盾《たて》にネメシスの歌がぶつかり、甲高《かんだか》い音が鳴り響いた。
耳を押さえたくなるのを我慢《がまん》していると、やがて音は小さくなっていき……止んだ。
やった！　上手《うま》くいったよ!!

熱に浮かされたような感覚に、気分が否応《いやおう》なく押し上げられる。

したことはないけれど、賭けに勝ってこんな感じなのかな？

正直あの全体攻撃を風哮で防ぎ切れなかった場合、私達はかなり苦しい状況《じょうきょう》に追いやられていたと思う。

特にクーガーが怪我《けが》を負い走れなくなったら、私達にハルバートを躱す術はないからね。

そしてネロとクーガーは、魔法《まほう》で治せない。

つまり、やり直しが利《き》かない一発勝負だったのだけれど、これで最も懸念《けねん》していたことが払拭《ふっしょく》されたよ。

あとはこれを繰り返し、一分でも一秒でも長く、ネメシスをこの場に留《とど》めるだけだ。

ああ……私は今、正しく道化師《どうけし》なんだと思う。

本領発揮っていうのかな？

することは、観客《ネメシス》をただ楽しませる《攻撃させる》だけ。

一時も気が抜けないけれど、私達三人はその後もネメシスの猛攻《もうこう》を凌ぎ続けた。


幾度《いくど》となく攻撃を躱していると、異変が表れ始めた。

ネメシスではなく、他でもない私に。

薄《うっす》らと感じていた気持ちの悪さが、如実《にょじつ》に酷くなってきた。

覚えのあるこの感じ……。

ＭＰのゲージを見れば、残り一割を切ろうとしている。

「ここまでだね」

私はクーガーにネメシスから距離《きょり》を取るようお願いすると、ネメシスがこれまで見せてこなかった、翼による遠距離《えんきょり》攻撃《こうげき》を行う動作に入った。

急いでクーガーとネロを戻し、装備を替える。

間に合いはしたけれど、その時既《すで》に視界を覆《おお》い尽《つ》くす程の羽根が迫っていた。

「うあああぁっ！」

全身を貫《つらぬ》く無数の痛みに、思わず悲鳴が漏《も》れる。

そして私のＨＰは一瞬でゼロになり、倒れる時にはもう、何も見ることができなくなっていた。


気が付くと、私は以前死に戻った時と同じ、エデンの街中に立っていた。

どうやら、無事死に戻ったみたいだね。

ただ、これは予想以上に……。

「きつい、なあ………」

ＭＰ枯渇《こかつ》を原因とした気持ちの悪さに加え、ネメシスの攻撃による痛み。

気を緩《ゆる》めたら心が折れてしまいそうだけれど……うん、頑張《がんば》れる。

告知の通り、デスペナルティは無かった。

代わりに、団員さんが言っていたように満腹度が大きく減っていた。

私は急いでジャーキーを一つ食べ、ネロとクーガーを喚んだ。

心配そうに寄ってくる二人の頭を撫《な》で、三人でまたネメシスの許《もと》へと向かう。

街中を疾走する際、住人の方達の不安気な表情が見えた。

クーガーに全力で走ってもらい、私達は再びネメシスに挑《いど》んだ。

攻撃を誘い、前進を止めてその場に釘付《くぎづ》けにし、ＭＰが切れそうになったら死に戻る。

死に戻りすることで、ＨＰとＭＰは三割回復した。

風哮が消費するＭＰは一割。

【供儡《くぐつ》】や【纏操《てんそう》】によるＭＰ消費はあるけれど、ネメシスの全体攻撃をなんとか二回は耐えられる。

足止めしては倒され、死に戻り、また倒され、戻る。

それをひたすら、繰り返す。

何度も。

……何度も。

………何度も。

…………何度、も。

……………あと、何度？

時間はどれくらい稼《かせ》げたのだろう。
度重《たびかさ》なる死の苦痛と、ミスが許されない極度の緊張《きんちょう》に、空腹。
ジャーキーも携帯食《けいたいしょく》も、とっくに食べ切っていた。
朦朧《もうろう》とする意識の中、体が覚えた動作で装備を替え、ネロとクーガーを喚ぶ。
体を伏せてくれたクーガーに手を伸ばし、その背中に乗ろうとして……。
「あっ」
指先に力が入らず、私は後ろ向きに倒れた。
咄嗟《とっさ》に手を伸《の》ばすけれど、掴める物は何も無くて。
コマ送りにも似た不連続な時間が過ぎ、私は硬《かた》い地面にぶつかる衝撃に備え、ぎゅっと目を閉じた。
けれど、訪れたのは予想と違《ちが》う、柔らかな感触《かんしょく》だった。
なんだろう、酷く温かい……このまま、眠《ねむ》ってしまいそうになる…………。
視界がどうしようもなく狭《せば》まる中、私を見詰《みつ》める人達の姿が、微《かす》かに見えた。
「マリアさん！　マリアさんっ!!」
悲痛な声音《こわね》に籠《こ》められた、私を案じる真《ま》っ直ぐな想《おも》い。
分かりますよ、エステルさん。
「しっかりしろよマリア！」
喧《やかま》しいこの感じは、ヴァンだね。
「「マリアおねえちゃん!!!」」
聞こえてくる沢山の声、教会の子供達かな。
…………柔らかいはずだ。
皆の手が、私の体を支えてくれていた。
…………温かいはずだ。
皆の声が、私の心を癒してくれていた。
……だから倒れたままでは、いられないよね。

起き上がるべく手足に力を籠めようとしたら、背中をぐっと押された。

この弾力《だんりょく》と力強さは、クーガーかな。

多分、鼻先で押してくれているんだろうね。

冷たく、少し湿《しめ》った感じがする。

肩に乗る柔らかな感触は、ネロしかいないね。

頬《ほお》を舐《な》めてくれてありがとう。

でも舌がざらっとして、ちょっと痛いよ。

ルレットさん、再現度の高さがおかしいと思います。

心の中でルレットさんにツッコみを入れていると、私は口を開けられ、とろりとした温かい何かを入れられた。

粘性《ねんせい》があったので最初はお粥《かゆ》かと思ったけれど、それよりも固形感がないこの舌触《したざわ》りは、お粥を更《さら》に濾《こ》した重湯《おもゆ》？

噛《か》む必要もないくらい丁寧《ていねい》に濾されたそれを、私は喉《のど》から胃へ、落ちるに任せ嚥下《えんげ》した。

ほんのり香《かお》る麦の香りに、蜂蜜《はちみつ》の甘さと磨《す》り下ろしたショウガの風味。

それを牛乳が優しく纏め、隠し味《あじ》の塩が全体を引き締《し》めている。

重湯が体の中から温めてくれて、労《いたわ》り溢《あふ》れる美味《おい》しさに疲《つか》れが飛ぶ。

こんな料理を作れるのは、バネッサさんしかいないね。

目をしっかり開けられるようになると、私が思《おも》い浮かべていた人達は、思いもしない表情で、そこにいた。

皆、ずるい……。

皆に泣かれたら、私の泣く余地がないよ…………。

前髪《まえがみ》で表情を隠し、私は自分の足で立ち上がった。

現実ではまだ難しいことも、今の私にはできる。

なら、後は進むだけだ。

ここには守りたいと思う人達がいて、私には守れる術があるのだから。

「ありがとうございます。皆のおかげで、もう少し頑張れそうです」

顔を上げた時、上手《うま》く笑えていたと思う。

「マリアさん……」

心配掛けてごめんなさい、エステルさん。

「あんたは良くやってくれた。そのことはあたしら皆、ちゃーんと分かっているんだ。だからもうよしな。これ以上無理したら、心も体もおかしくなっちまうよ」

そんなことを言われたら、込み上げる涙を抑《おさ》えるのが大変なんですよ、バネッサさん。

裏表の無い人だから、掛《か》けられた言葉が直に響《ひび》いて凄《すご》く困る。

だから私は、敢《あ》えて意地悪に言い返した。

「バネッサさん、私は身内なんですよね？　バネッサさんは危険が迫ったからといって、身内を見捨てられますか？」

「それは……」

すみません、酷《ひど》い問い掛けをして。

「大丈夫《だいじょうぶ》、心配しないでください。私はこれでも、お姉ちゃんですから」

クーガーの背中に乗り、今度こそネメシスの許に向かおうとした私は、思いがけずその進行を阻《はば》まれた。

両手を広げ、瞳《ひとみ》に固い意志を感じさせる、エステルさんによって。

「一つだけ聞かせてください。どうしても、行かれるのですね？」

これまでに聞いたことのない、強い口調だった。

それは咎《とが》めるようでありながら、私が思い止《とど》まることを願う切実さも感じられた。

「行きます」

なら、私も強く言い切ろう。

するとエステルさんは、予想外なことを言い出した。

「……分かりました。では一緒に戦わせてください、私も」

「えっ？」

一瞬、何を言っているのか理解できなかった。

「私はこれ以上、マリアさんに無理をして欲《ほ》しくありません。ですがお一人で行かれたら、マリアさんはきっと……だから私も行きます。私がいれば、マリアさんも無理できませんよね？」

「うっ、それは……」

確かに、エステルさんがいて無理をすることはできない。

けれど同行を許しエステルさんを危ない目に遭《あ》わせてしまったら、本末転倒《ほんまつてんとう》ですよ!?

私が心の叫《さけ》びを言えずにいると、エステルさんが畳《たた》み掛けてきた。

「それとマリアさんを苦しめるあの歌ですが、私には救いを求めているようにも聞こえました。救いを求める者であれば、神は応えてくださいます。私が、応えさせてみせます！」

応えさせてみせますって……神様にそんな強気な態度、怒《おこ》られたりしないのかな。

「安心してください！　私がいる限り、もうあの歌をマリアさんに届かせはしません!!」

確信を持って、エステルさんが言う。

確かにあの全体攻撃を防げるなら、それだけＭＰ消費も抑えられる。

ただ、死に戻った私のMPは少ない。仮に風哮を使わずに済んでも、戦いが長引きMPが途中《とちゆう》で切れてしまえば、エステルさんを守ることができなくなる。

迷っていると、エステルさんが私の手を取り小さな瓶《びん》を載せてきた。

HPポーションと同じ形だけれど、中身の色が赤ではなく、青。

「これは？」

「魔力《まりよく》が回復するといわれているポーションです。マリアさんのために、アレンさんから譲《ゆず》ってもらいました」

魔力が回復するということは、MPポーション？

それって、私達の間ではまだ存在が確認されていなかったような……。

私はその時、恐れと共にある懸念を抱《いだ》いた。

「このポーション、とても高価なのでは？」

「冒険者《ぼうけんしや》ギルドで備えていた物だから大丈夫だと、アレンさんが言っていましたよ」

何か問題でも？　と言いたげなエステルさんの背後に、快くMPポーションを渡しながら、陰で血の涙を流すアレンさんの姿が仄《ほの》かに見えた。

以前【ボアの肉《にく》】を集めるクエストを受けた際、アレンさんから提示された報酬《ほうしゆう》は相場の四分の一だった。

あれからお給料が増えていなければ、ＭＰポーションの代金を支払《しはら》うために何ヶ月どころか、何年も必要になるんじゃ………。

私はジャーキーで不本意ながら稼いでしまったお金を、後でアレンさんに渡そうと心に決めた。

「私が使っても、本当にいいんですね？」

「是非、マリアさんが使ってください！」

自ら飲ませようとするエステルさんを留め、私は思い切ってＭＰポーションを飲んだ。

ミントのような清涼《せいりょう》感ある香りに、少しの苦味。その後味が消える頃《ころ》、私のＭＰは八割程度まで回復し、気持ちの悪さもすっかり消えていた。

「凄いですね、これ」

「今のマリアさんなら、私がご一緒しても問題ありませんね」

浮かべた笑みに念押しの意味をありありと籠《こ》め、エステルさんが言う。

おかしい、エステルさんってこんなに強引な人だったかな？

でも、これ以上悩んでも仕方がないか。ネメシスは待ってくれないし。

「私が危ないと感じたら戻ってもらいます。それだけは、約束してください」

「はい！」

【操糸《そうし》】で作った鞍《くら》と共に、私はエステルさんをクーガーの背中に乗せた。

そして落ちないようしっかり私に掴まってもらい、走り出す。

全速力で西門へ向かい平原に出ると、私が思っていた以上にネメシスはエデンの街へ近付いていた。

後数分遅《おく》れていたら、街がネメシスの遠距離攻撃の範囲《はんい》に入っていたかもしれない。

私達の接近に気付いたネメシスは、口を開き歌おうとしていた。

私とネロとクーガーで挑んでいた時、最初からＭＰを消費させられる嫌なパターンだったけれど。

「エステルさん！」

「任せてください！」

直後、エステルさんがとった行動も歌うことだった。

美しく清らかで、どこか陰《かげ》りのある歌声が辺りに広がる。

それは神に捧《ささ》げる聖歌というより、私達に寄り添《そ》う歌という感じで……ああ、鎮魂歌《レクイエム》のようなんだ。

エステルさんの歌を聞いたネメシスが、苦悶《くもん》の声をあげのたうち回る。

歌による全体攻撃《こうげき》は、来ない。

「凄い！　エステルさん凄い!!」

私の声に頷《うなず》きだけ返し、エステルさんが歌い続ける。

ネメシスの歌は届かせないと言っていたけれど、それ以上の影響を与えている気がする。

事実、ハルバートや翼《つばさ》で攻撃を行う余裕すら無いようだしね。

念のためクーガーには走り続けてもらっているけれど、このまま時間が過ぎれば……。

その時、私は自分でフラグを立てたことに気付かなかった。

「ギイシャアアアアッ!!!」

雄叫《おたけ》びをあげネメシスが身震《みぶる》いすると、下半身の鱗《うろこ》がバラバラと剥《は》がれ落ちた。

落ちた鱗は、地面の上で不気味に泡立《あわだ》つ。

泡はやがて隆起《りゅうき》し、二メートル程《ほど》のオーガへと変貌《へんぼう》した。

名前はオーガ・レギオン。

この一瞬で五十体近く生まれており、そして直ぐ私達の方に向かって来た。

「やっとネメシスをなんとかできると思ったのにっ！」

これがフラグを立てた報《むく》いなのかな……。

エステルさんに気を配りつつ、レギオンから逃《に》げる。

ネメシスへの警戒《けいかい》は緩めないけれど、逃げている間にもレギオンは次々と生み出されていた。

レギオンは武器を持っていないし、私でも倒《たお》せると思う。

ただエステルさんが乗っている今、極力戦闘《せんとう》は避けたい。

行《ゆ》く手を阻《はば》むレギオンだけ倒した方が良いのか、それとも戦わず、避けることに専念すべきなのか。

決め切れず、次の行動へ移るのが遅れた。

それは致命的《ちめいてき》な遅れとなり、逃げ道《みち》を塞《ふさ》がれるという形で顕在化《けんざいか》。

慌てた私は場当たり的にクーガーを走らせてしまい、その結果レギオンに周りをぐるりと囲まれてしまった。

密集し、徐々《じょじょ》に厚い壁となっていくレギオン達。

風哮を展開し最高速度でぶつかれば、突破《とっぱ》できる可能性はある。

でも今はクーガーの足が止まっており、加速に必要な時間も空間も無かった。

速度の足りない状態で突撃《とつげき》し、ぶつかった際の慣性を利用すれば、密集したレギオンの外へエステルさんを逃がせるかもしれない。

しかし一人になったエステルさんを、果たしてネメシスが見逃《みのが》すだろうか……。

またも決め切れず、さっきと同じ轍《てつ》を踏《ふ》みかけた、その時。

後ろから迫っていたレギオン数体が、私達の側を凄い速さで飛んでいき、目の前のレギオンに激突《げきとつ》した。

何が起きたのかと振り返るより早く、視界の端《はし》をオレンジ色の光が走り、レギオン達に敢然《かんぜん》と立ち向かった。

ゆるくウェーブのかかった長い髪《かみ》に、しなやかな手足。

そしてトレードマークの、ぐるぐる眼鏡。

このタイミングで登場するなんて、狙《ねら》っていました？

ねえ、ルレットさん。

「ご迷惑をおかけしましたぁ。そして今度は私達がぁ、マリアさんを助ける番ですよぉ」

おっとりした口調とは裏腹に、ルレットさんが強烈《きょうれつ》な蹴《け》りを見舞《みま》いレギオンを仕留める。

「いくぞおめえら！　今こそ俺達《おれたち》、生産連盟の意地を見せる時だ‼」

ルレットさんに続き現れたのは、マレウスさんとその仲間達。

マレウスさんを筆頭に、【挑発】を使いルレットさんに向けられたレギオン達の注意を引き剥がし、数人掛かりで確実に倒していく。

「格好つけているけど、マリアちゃんの頑張りを見るまで動けなかったチキンでしょうが。

あっ、パンドラから助け出した人達は無事よ。ワタシ達がしっかり回復させたから安心してね、マリアちゃん」

ありがとうカンナさん、おかげで心配事が一つ減ったよ。

「ってかあんたら減り早すぎ！　少しは支援《しえん》する方の負担も考えなさい!!」

焦《あせ》るカンナさんの言葉に、心配事が一つ増えたよ……。

けれど私の不安を取り除くかのように、マレウスさん達が引き付けたレギオンに矢と魔法が殺到し、一瞬にしてその数を減らす。

「我らが教祖、マリアさんを守るのだ！　これ以上、あの方が傷付くことがあってはならん!!」

グレアムさん……嬉《うれ》しいんだけれど、私の名前を呼ぶ時、変な言葉を付けていませんでしたか？

ねえ、付けていましたよね⁉

「ほんと、皆ずるいんだから……」

鼻の奥《おく》がツンとするのを堪《こら》え、私は頼もしい皆の、仲間の姿を目に焼き付けた。

私達だけで戦っていた時とは異なり、今や平原は熱気に満ち溢《あふ》れている。

戦いは、いよいよ最終局面に入った。

皆と戦い始めてから、どれくらい時が経《た》ったのか。

予告された二時間も、そろそろ終わりを迎《むか》える頃だと思う。

けれど私達は、ネメシスが生み出すレギオンの物量に押され始め、円陣《えんじん》を組んで四方からの攻撃になんとか耐《た》えている状況だった。

「くそっ、イベントの終了《しゅうりょう》はまだかよ！」

レギオンの攻撃を盾《たて》で受けながら、マレウスさんが毒づく。

攻撃は苛烈《かれつ》で、今同時に相手をしているのは四体。盾で捌《さば》き切れない分は鎧《よろい》で受けているけれど、さすがに盾よりダメージが大きいようだった。

そこに、カンナさんがすかさず回復魔法を飛ばす。

「時間を気にする暇《ひま》があるのなら、もっと頑張りなさい！　マレウスちゃん装備だけはトップクラスなんだから」

「装備だけは余計だ！」

見慣れたいつもの遣《や》り取りに、意外と余裕があるのかなと思ったけれど、カンナさんの表情は険しかった。

おそらく、ＭＰがもう残り少ないんだと思う。周りの人達も同様らしく、魔法やスキルによる支援が減っている。

じわじわと押《お》し込まれより狭《せま》くなった円陣は、もはやただの塊《かたまり》となりつつあった。

そんな中、一人だけ圧倒的《あっとうてき》な力を見せ続けているのが、眼鏡を外し女鏖《じょうおう》モードになったルレットさん。

「牙嗚呼呼呼《があああぁ》ッ!!!」

押し寄せるレギオンを片《かた》っ端《ぱし》から薙《な》ぎ倒しているけれど、ルレットさんに暴走する気配は無い。

正確には暴走しそうになると、ルレットさんの肩に乗っているネロがペシペシと頬を叩《たた》き正気に戻《もど》していた。

ルレットさんにお願いされた時、心身への負担を考え躊躇《ためら》ったけれど、そのおかげで皆《みんな》の負担が減り、今、私達の命をギリギリのところで繋《つな》いでいる。

ただそのルレットさんも、徐々に動きが鈍《にぶ》くなっていた。

ネームド戦での疲労《ひろう》が、まだ抜《ぬ》けていないんだと思う。

助けに行きたいけれど、私は陣《じん》の中央にいて迂闊《うかつ》に動くことができない。

そんな中、事態は更に悪い方へと転じた。

エステルさんの歌で抑えられていたネメシスが、身悶《みもだ》えしながらも翼による攻撃を見舞《みま》ってきたのだ。

「クーガー！」

「グオゥッ！」

幸い、以前に比べ飛んでくる羽根の数は少ない。

おかげで風哮は持ってくれたけれど、風哮の外にいた人達は何かしらのダメージを負っていた。

そして運悪く、レギオンの攻撃を避《よ》ける最中に食《く》らった人が。

動きを止められたところに、レギオンが追い撃《う》ちを掛ける。

グレアムさんが必死に矢を射るけれど間に合わず、思わず目を閉じかけた、直後。

「まだまだ危なっかしいな、お前さんは」

親しげに話《はな》し掛ける男の人が、レギオンの攻撃を盾で防いでいた。

ギリギリのところを助けてもらったけれど……誰《だれ》ですかこの人？

「あんたは、門番のおっちゃん！」

「「「「えっ？」」」」

驚《おどろ》く皆の声が被《かぶ》る。

あっ、見覚えが無いのは私だけじゃ無かったんだね。

変なところで安堵《あんど》していると、

「来たのは俺《おれ》だけじゃねえぞ！　なあ、お前ら!!」

おっちゃんと呼ばれた人が声を張り上げると、それに応《こた》え続々とエデンの街の人達が現れ、レギオンに襲《おそ》い掛かった。

剣《けん》を振るう人、槍《やり》で突《つ》く人、包丁を投げる人……って、バネッサさん!?

「これでも昔はやんちゃしていたからね。まだまだそこいらの冒険者には負けないよっ！」

投げる包丁はレギオンの頭に突き刺《さ》さり、一撃《いちげき》で倒していた。

「あの、普通《ふつう》に強過ぎるような……」

「あたしなんか可愛《かわい》いもんさね。ほら、あんたに触発《しょくはつ》されたのが向こうにも」

バネッサさんの視線の先を追うと、竜巻《たつまき》にでも遭遇《そうぐう》したかのように、宙を舞《ま》う無数のレギオンの姿があった。

その中心には人形《ゼーラお爺さん》を操《あやつ》り戦う、真っ赤なドレス姿のゼーラさん。

無表情な人形がレギオンを粉砕《ふんさい》していく様は、控《ひか》え目《め》に言ってもシュールだ。

「たわいもない。いいかお前達、こんな相手に遅れをとるような弟子《でし》は不要じゃ。破門されたくなければ、死ぬ気で戦えっ！」

ゼーラさんに発破を掛けられ、ピエロの格好をした四人のお弟子さんが、死《し》に物狂《ものぐる》いでレギオンを倒していく。

バネッサさんもそうだけど、なんでそんなに強いのよ！

ちなみにお弟子さんの側、嬉々《きき》として戦うニナの両親を見た気がしたけれど、錯覚《さっかく》じゃないんだろうなあ……。

今助けに来てくれている人達は、私達の誰かが親しくなった住人の方なんだと思う。

それが私には、とても凄いことに思えるのだけれど……ダメだ、上手く言葉にできない。

目が潤《うる》む私の前で、今度は逆に、レギオン達が物量に圧倒《あっとう》されていた。

「これは、マリアさんが繋いでくれた光景ですよ」

歌の合間に、エステルさんが言ってくれた。

「どうか誇《ほこ》ってください。マリアさんが成されたことは、成されてきたことには、ちゃんと意味があったのですから」

エステルさんもずるいなあ。

こんな時に、そんなことを言うなんて。

私が必死に涙《なみだ》を堪えていると、やがて最後の時が訪《おとず》れた。

不気味に瞬《またた》く赤い星が消え、骸骨《がいこつ》の門が形を失い、漆黒《しっこく》の闇《やみ》が陽の光に溶《と》かされる。

光に焼かれたネメシスは、絶叫《ぜっきょう》と共に体から黒い粒子《りゅうし》を噴出し、その粒子はやがて、一つ残らず天《そら》へと消えていった。

後に残されたのは、肩《かた》を竦《すく》めながらも仮面の奥でどこか満足そうに双眸《そうぼう》を光らせる、メフィストフェレス。

「よもやあの局面から、私の描《えが》いた結末を覆《くつがえ》されるとは！　演出家として、皆様《みなさま》に敗れたことを悲しむべきなのでしょうが……素晴《すば》らしい終幕の形であったのも事実。素直《すなお》に称《たた》えましょう!!　皆様は見事、エデンの街に降《ふ》り掛かる厄災《やくさい》を防がれたっ!!!」

言い終えた瞬間《しゅんかん》、私達に通知が届けられた。

『公式イベント【エデンの街に降り掛かる厄災を防げ】がクリアされました』

あれだけ大変だった割に、実にあっさりした通知内容。

けれどその内容を理解し始めた途端《とたん》、歓声《かんせい》が爆発《ばくはつ》した。

冒険者も住人の方も関係無く、私達は抱き合い、称え合い、厄災を防いだことを喜んだ。

短くも長かった第一回公式イベントは、こうしてイベントクリアという形で終えたのだった。

一頻《ひとしき》り喜び合った私達は、新たな通知を受け一斉《いっせい》にその場から転移させられた。

転移先は白く大きな柱で囲まれた、古代ギリシアの神殿《しんでん》のような場所で、床《ゆか》には無数の歯車が重なり、噛み合う姿が映し出されている。

忘れるはずもない、ＭＷＯで最初に降り立った場所だ。

私達の他には、先にイベントから離脱《りだつ》した人達も集められていた。

どうやら私が最後のようだけれど……。

「なぜ彼等《かれら》は私達を睨《にら》んでいるんでしょう？」

刺すような視線に、あまり良くない感情を向けられていることは分かる。

おかしいな、イベントを途中で降りても、損はしなかったはずなのにね。何しろ、彼等のポイントは保証されているのだから。

「マリアちゃん、それ素で言っているの？」

私を見るカンナさんは、どこか呆《あき》れた顔をしていた。

「ああして睨んでいるのは、殆《ほとん》どが攻略組《こうりゃくぐみ》。彼等は文字通り、攻略することが目的なの。でも自分達が諦《あきら》めたイベントを私達に攻略されたものだから、面白《おもしろ》くないのよ」

「エデンの街を守ることができたのだから、私はそれで良いと思うんですけれど」

思ったことを口にすると、ルレットさん、カンナさん、マレウスさんが同時に溜《た》め息《いき》を吐《つ》いた。

「甚《はなは》だしくマリアさんですねぇ」

「恐ろしくマリアちゃんね」

「著《いちじる》しくマリアだな」

「なんで三人一緒《いっしょ》に言うんですか！」

それも仕方のない子供を見るような目で。

私はこれでもお姉ちゃんなんですよ？

ねえ、聞いていますか⁉

ねえってば!!!

うがーっとマレウスさんをポコポコ叩いていると、大きなスクリーンが現れ、そこにザグレウスさんが映し出された。

「皆様大変お疲れ様《さま》でした。第一回公式イベント、楽しんで頂けたでしょうか」

正直、しんどい割合の方が多かった気がするけれど、エデンの街を守れたし、仲間といえる人達《ひとたち》にも出会えた。

そう考えると、大変楽しかったと言えるんじゃないかな。

けれど、そうは思わない人達もいるようで。

「楽しいわけあるか！　ヒントも無くあんなギミック解けるかよ!!」

「装備破壊《はかい》してくる上に、倒せねえボス？　ふざけんな！　無理ゲー過ぎんだろ!!」

「俺の有り金注《つ》ぎ込んだ装備を返せ！　返してくれって、頼《たの》むから!!」

ああ、攻略組の人達が荒《あら》ぶっている。

最終的にイベントはクリアできたのだから、無理ゲー？　ではないと思うけれど、装備が壊《こわ》れた人にはちょっと同情してしまう。

ちなみに、レオン達は大人しかった。

稼いだポイントに自信があるのかな？

言動はともかく、それくらい強い人達ではあったしね。

「イベントを前に貴方が色々と準備したように、イベント自体が事前に準備を進めていたとして、何の不思議もありません。更に言えば、ギミックのヒントは貴方も立ち寄った第二の街に、ちゃんと表れていたのですから」

言葉を区切ると、無理ゲーだと訴《うった》えた人にザグレウスさんが顔を向ける。

「先程《さきほど》のギミックにも関《かか》わりますが、最善手はそもそも厄災を出現させないことでした。メフィストフェレス風に言えば、そちらのシナリオも用意はされていたのです。ではなぜ最悪のシナリオへと至ってしまったのか。今一度、ご自身で考えてみてはいかがでしょう」

最後に、装備を失い悲痛な声をあげた人に対して。

「強大な相手となった原因に貴方も関係しているのですから、諦めてください」

冷たく突き放《はな》され、その人はがっくりと頽《くずお》れた。

というかザグレウスさん、淡々《たんたん》と対応しているけれど、実は怒っている？

雰囲気《ふんいき》に険があるというか、言葉に容赦《ようしゃ》が無いというか……。

「疑問にお答えする時間は別途《べっと》設けるとして、皆様が気にされている表彰《ひょうしょう》に移りたいと思います。まずは、イベントクリア時の獲得《かくとく》ポイントランキングです」

展開された複数のスクリーンの左上、十八万ポイントを獲得し、ランキングトップに載《の》っていた名前は……。

「やっぱウチのレオンがトップじゃん！」

「当然の結果かな。ミストも二位、アークスが三位か。ギランとロータスはジョブの性質上仕方がないとはいえ、パーティー全員が五十位以内というのは、まずまずだね」

はしゃぎながら、さりげなくレオンの側で甘《あま》えるミスト。

レオンは平然としていたけれど、細められた目は周囲を見下しているかのようだった。

ギランとロータスはスクリーンを見ることも無く、レオンと違い本当の意味で平然としている。

私はというと、なんとレオンと同じランキングトップだよ！

ただし、下からだけどね!!

……まあ、あれだけ死に戻ったのだから無理もない。

ポイントはとっくにゼロで、むしろマイナスになり借金を背負わされるようなことが無かっただけ、良しとしよう。

けれど、攻略組の人達かな？

〝クリアしたのに最下位ざまぁ〟みたいな目を向けられるのは、ちょっと腹が立つ。

ちなみに、〝ざまぁ〟は真希に薦《すす》められた本にあった言葉で、まさかその言葉を使われる側になるとは、思ってもみなかった。

「皆様、ご自身のポイントは確認《かくにん》できましたか？　では最終ランキングの発表です」

ザグレウスさんの言葉で、スクリーンに表示されていた順位が一瞬《いっしゅん》で書《か》き換《か》えられる。

ん？　最終ランキング⁇

順位が変動したのか、攻略組の人達から悲鳴のような声があがる。

一方、生産連盟やグレアムさんといった、クエストクリア組は逆に静かだ。

何があったんだろう？

私の順位も変わったらしく、最下位に名前が無かった。

それで下から順に確認していったのだけれど、いくら辿《たど》っても私の名前が出てこない。

三分の一程確認《ほどかくにん》したところで、いつの間にか、周りの人達がじっと私を見ていることに気付いた。

「えっと、どうかしたんですか？」

「いや、おまえこそどうかしているんじゃねえか⁉」

失敬ですね、マレウスさん。

「むっ、私は真面目《まじめ》に自分の名前を探しているだけですよ？　最下位から確認しているんですが、まだ見付からなくて。おかしいですね」

「おかしいのはマリアちゃんよ。全くあなたって子は……ご覧なさい、マリアちゃんが見るべき場所は、スクリーンの右下ではなく、左上よ」

カンナさんが言う場所に目を向けると、確かに私の名前があった。

しかも左上の、一番上に。

……えっ、どういうこと？

目をゴシゴシと擦《こす》り改めて見たけれど、表示されている位置と名前に変化は無かった。

あれかな、同じ名前の別の人なんだね。

うん、きっとそうに違《ちが》いない。

「間違《まちが》い無《な》くぅ、マリアさんがランキングトップですよぉ。それもぶっちぎりですねぇ」

逃避《とうひ》を試みたけれど、しかしルレットさんに回り込まれてしまった。

更に証拠《しょうこ》として、私の下にルレットさん、カンナさん、マレウスさんの名前が並んでいるのも見せられた。ちなみに、グレアムさん達も同じ列に載っている。

私の勘違《かんちが》いという可能性は、この時点でほぼゼロになっていた。

そんな私のポイントはというと。

「百万ポイント……」

膨大《ぼうだい》だった。

おかしい、さっきまで私のポイントはゼロだったのに、どうしてこうなったのだろう。

ちなみにレオンの獲得ポイントは、五万増えて二十三万ポイントになっていた。

嬉しさよりも、面倒《めんどう》なことになりそうだなあという、嫌《いや》な予感がしていると、

「何でこの女がランキングトップなわけ⁉ モンスターだってそんな倒していないのに、訳わかんないんだけど‼」

「さすがに僕《ぼく》も、この結果は納得《なっとく》できないかな。ちゃんとした説明が欲しいものだね」

ミストが喚《わめ》き、レオンは一見冷静そうだけれど、握り締めた手は小刻みに震《ふる》えていた。

「いいでしょう。なぜポイントにこれ程の差が出たのか、簡単に説明致《いた》します。まずイベ

ントのクリア報酬として、イベントを降りなかった方に三十万ポイント。またエデンの街に被害《ひがい》が無かったことから、追加で十万ポイント、合計四十万ポイントが贈《おく》られています」

「四十万ポイントだって？　そんなの法外じゃないか！」

レオンがそう言うと、攻略組の人達も同調し、揃《そろ》ってザグレウスさんを非難した。

「今騒《さわ》いでいる方々《かたがた》は、彼の言葉を覚えていないようですね。彼、メフィストフェレスはこう言いましたよ。『現れた階梯《かいてい》を登った先に得られる報酬《ポイント》は膨大』と。法外？　その通りです。しかし膨大という表現に比べ、どれ程の差がありますか？」

「そっ、それは……」

答えられずレオンが口を閉じると、周囲の人達も静かになった。

「でもそれだって四十万じゃん！　百万なんて絶対におかしいでしょ!!」

この空気の中、なおも食い下がるミストはある意味凄いと思う。

「個人の行動による結果のため、詳細《しょうさい》はあまり言いたくないのですが……」

ザグレウスさんの目が、私に向けられる。

気遣《きづか》いに満ちたその視線は、暗に断っても構わないと言っているように思えた。

でも、私に隠《かく》すことなんて無い。

だからはっきりと、頷いて見せた。

「本人の了承《りょうしょう》が得られたため、もう少しお伝え致しましょう。残りの六十万ポイントについて、その一部はオーガ・パンドラに囚《とら》われた、第二の街に住む人々を救出したことによるものです。そして最も大きな割合を占《し》めているのが、ネメシスからエデンの街を守るために、イベント終了までどれだけ貢献《こうけん》したか、という点です。前者はともかく後者について、より貢献したと思う方は、ぜひこの場で名乗り出てください」

ザグレウスさんの言葉に、返されたのは沈黙《ちんもく》だった。

「ご納得頂けたようですね。正直に言えば、我々としてはもっと多くのポイントをお贈りしたかった……ですが、ゲームバランスを崩《くず》すと運営から釘を刺されたため、このポイントになったのです」

「ちょっと待って。運営から釘を刺されたって、どういうこと？」

はっとした様子で、カンナさんがザグレウスさんに問い掛《か》けた。

「皆様は今回の公式イベントが、どのように作られたとお考えでしょう。このイベントは、運営が考えたイベントではありません。皆様の行動を元に、我々ＡＩが考えたイベントなのです」

「「「「!!!」」」」

よほど衝撃的《しょうげきてき》な内容だったのか、これまでとは違った感じで辺りが騒《ざわ》めいた。

「Mebiusという世界が、医療用《いりようよう》に研究された技術を基《もと》としていることは、皆様ご存《ぞん》じかと思います。そのコンセプトを一言で表すならば、〝共生〟。βテスト時、簡略化したＡＩにより皆様がどのように行動するか、拝見致しました。それを受け、正式サービスと共に当初のコンセプトを体現した世界が、今のMebiusなのです」

ここで少し長めの間を空けて、ザグレウスさんは私達が落ち着くのを待ってくれた。

私はMebius World Onlineのβテストの頃を知らないし、他のゲームをやったこともないので、違いが良く分からない。

私にとってMebiusという世界は、初めて触《ふ》れた時から変わっておらず、正直驚きようが無かった。

「イベントの結果を踏まえ、我々ＡＩは一つの結論に至りました。皆様に我々を、この世界をあるがままに受け入れて頂く指標として、〝カルマ〟を導入致します」

言葉と共に、眩《まぶ》しい光が辺りを包み込んだ。

思わず閉じた目を慎重《しんちよう》に開くと、さっきまでと何かが違って見えた。

「〝カルマ〟とは、皆様の言葉に置き換えるならば好感度、といったところでしょうか。ただしご注意頂きたいのは、〝カルマ〟が必ずしも善悪を表さない点です。善悪を表しはしませんが、〝カルマ〟の低い、つまり好感度が低い方に我々がどのような行動を取るかは、第二の街で経験された方もいらっしゃると思います」

ザグレウスさんの言葉を聞きながら、何が違うのか考えていたけれど、周りの人を見て気付いた。

頭の上に、名前が表示されるようになった人がいるんだ。

「〝共生〟というコンセプトの元、Mebiusでは我々を含《ふく》め、名前が表示されることはありませんでした。しかし、今後〝カルマ〟がマイナスとなった方は、お名前を赤く表示させて頂きます。そして〝カルマ〟の低さに応じ、表示される赤の色は濃《こ》くなってゆく。それがどのような影響《えいきょう》を齎《もたら》すか……ぜひ、その身を以《もっ》て味わってください」

ザグレウスさんの言葉に、一部の攻略組の人達が顔を青くしている。

その人達は例外なく、濃い赤で名前が表示されていた。

ちなみにレオン達も名前が出ていたけれど、赤の色調は薄《うす》い。

「カルマの低さが気になる方は、ご自身を作り直すのも、次のアップデートにて実装される他国へ移るのもよいでしょう。このままエデンが属する国で過ごすのも自由ですが、茨《いばら》の道であることは明言しておきます。しかし、今回の決定が唐突《とうとつ》だったのも事実。よって皆様の世界において今から一週間、猶予《ゆうよ》を設けます。その間にMebiusを去られた場合、ソフトの購入《こうにゅう》代金を全額お返し致します。なお、これは運営も了承済みです」

説明を受け、一番慌《あわ》てたのが真っ赤な名前を浮かべている人達で、今後どうするかを巡《めぐ》り酷《ひど》く揉《も》めている。

一方の私達はというと、そんな人達を前に、何か共通の想《おも》いが生まれたようだった。

「これは、あれよね」

「あれですねぇ」

「あれだな」

「あれですな」

言った順番にカンナさん、ルレットさん、マレウスさん、そしていつの間にかグレアムさん。

四人はそれぞれ顔を見合わせたかと思うと、次の瞬間、口を揃えて言い放った。

「「「「攻略組ざまぁ!!!!」」」」

なるほど、〝ざまぁ〟はここで使えば良かったのか。

攻略組の人達は何か言い返そうとして、言葉に詰《つ》まっていた。

ポイントで圧倒されているし、何よりイベントを降りたという負い目があるみたいだね。

こうして、波乱の第一回公式イベントは終わった。

イベントをクリアした私達の〝カルマ〟の値とか、気になる点はあったけれど、そんなものは後回し。

皆と一緒にエデンの街へ戻ると、エステルさんや住人の方から盛大な歓迎《かんげい》を受け、そのまま大宴会《だいえんかい》となった。

飲んで食べて、歌って踊《おど》って。

私も楽しくなり、近くにあったお酒を飲もうとしたら、怒られた。

しかもその場に居た全員に、こっ酷《ぴど》く。

おかしい、年齢的《ねんれいてき》には問題ないはずなのに……。

不貞腐《ふてくさ》れる私をよそに、マレウスさんは冒険者《ぼうけんしゃ》ギルドの受付嬢《うけつけじょう》、マルシアさんに告白し玉砕《ぎょくさい》。

カンナさんはアニメソングを地声で歌い場を震撼《しんかん》させ、ルレットさんは見事な酔拳《すいけん》を披《ひ》露《ろう》し喝采《かっさい》を浴びていた。

グレアムさんは団員さんと一緒に、一部の住人の方と熱心に語り合っている。

途中《とちゅう》から握手《あくしゅ》したり肩を組んだり、とても親しくなっていたようだけれど、なんだったんだろう？

まあいいか、楽しそうだし。

宴会《えんかい》は終わる気配を見せないどころか、むしろ参加する住人の方が増え、至る所で笑いが起こり、更《さら》に盛り上がっていった。

いつの間にか屋台まで並んでいるし、もはや宴会というよりお祭りだね。

その商魂逞《しょうこんたくま》しさに苦笑《くしょう》しつつ、私は差し入れに幾《いく》つか買い、皆の所へ戻った。

賑《にぎ》やかな空気を一頻《ひとしき》り楽しんだ後、私はこっそり宴会を抜け出した。

「この時間なら、まだ間に合うかな……」

宴会は昼間から始まったけれど、既《すで》に陽は落ち、オレンジ色の光が辛《かろ》うじて空の片隅《かたすみ》に残っている状態だった。

広がっていく夜の気配に紛《まぎ》れ、人目に付かないよう歩く。

私の目的は、ある物を買うこと。

けれどそれを扱《あつか》う肝心《かんじん》のお店は、店仕舞《みせじま》いの最中《さいちゅう》だった。

申し訳なく思いつつ、店主のおばさんに対応してもらえるか尋《たず》ねてみると、快く応じてくれた。

安堵する私の前で、しかしおばさんが用意してくれたのは予想以上に立派な物。

お金は足りるけれど、その後、果たしてアレンさんへ渡《わた》す分がどれだけ残るか……。

私が密《ひそ》かにそんな心配をしていると、

「金は要《い》らないよ。これはわたしからの、感謝の印だ」

言葉と共に、出来上がった物を手渡《てわた》された。

街を守ったことで感謝されているのは、私にも分かる。

でも、厄災《やくさい》を招いたのは私達冒険者《わたしたちぼうけんしゃ》が原因だ。

そう考えると、決して安くない物をタダで受け取るのは気が引ける。

一瞬脳裏《いっしゅんのうり》に浮《う》かんだアレンさんは見なかったことにし、私が改めてお金を出そうとすると、言葉を重ねられた。

「バネッサと違い、わたしには戦う力が無い。家族が、街が危ないと分かっていても、何もできなかった。だからね、せめてこのくらいはさせて欲《ほ》しいのさ。わたし達の代わりに戦い、傷付き、そして救ってくれた、小さな英雄《えいゆう》さんのためにね」

「そんな……」

否定しかけ、おばさんが自《みずか》らを責め苦しんでいる気がして、私は続きを口にするのが憚《はばか》られた。

「…………分かりました。では、ありがたく頂きますね」

そう言うと、まるで救われたかのように少しだけ、おばさんが笑《え》みを覗《のぞ》かせる。

救われたのはおばさんだけじゃないですよ、という意味を籠《こ》め私も笑みを返す。

私の目尻《めじり》には雫《しずく》が溜まっており、見ればおばさんも同様だった。

互《たが》いに気付いていたけれど、それには触れず、二人笑い合う。

その笑みはさっきよりも良い笑みだったと、私は断言できる。


手を振《ふ》っておばさんと別れた後、私は宴会の続く街中には戻らず、西門から出て〝始《はじ》まりの平原《へいげん》〟へ向かった。

辺りは既に真っ暗で、月の無い夜空に星が輝《かがや》いている。

「人は死んだら星になるっていう話は、どこで見聞きしたんだったかな……」

もしそうなら、私達のせいで亡《な》くなった第二の街の人達は、あの星の中にいるのかもしれない。

エデンの街は守れたけれど、犠牲《ぎせい》が無かったわけじゃない。

そのことが私の心を曇《くも》らせ、イベント後の宴《うたげ》が楽しければ楽しい程、雲は厚みを増していった。

だから私は皆《みんな》と離れ、おばさんに作ってもらった物を手に、ここにいる。

手にしているのは、白いユリのような花で作られた、花束。

立っているのは、ネメシスが最期《さいご》を迎えた場所。

「花束を持ってきたけれど、何も無い所に置くのは微妙《びみよう》かなあ」

どうしたものかと迷っているうちに、私は不意に寂《さび》しさを覚え、ネロとクーガーを喚《よ》ぶことにした。

思えばイベントが終わってから、二人にちゃんとお礼を言っていなかったしね。

「ネロ、クーガー」

「ニャ」

「グオゥ」

花束を糸で宙に浮かせ、二人を喚んだ私は片手でネロを抱《かか》え、もう片方の手でクーガーの頭を抱《だ》き締《し》めた。

「私の無茶《むちや》に付き合わせて、ごめんね。でも一緒に戦ってくれて、ありがとう」

そう言うと、小さな舌と大きな舌が私の頬《ほお》を舐《な》めてくれた。

気にするなと言っているようにも、慰《なぐさ》めているようにも思える。

嬉しいけれど、二人にもし味覚があったら『しょっぱい！』と怒《おこ》られたかもしれないね。

と、そこに足音が聞こえてきた。

「こんな所にいらしたんですね、マリアさん」

「随分《ずいぶん》探しましたよぉ」

「エステルさん、ルレットさん……どうしてここが？」

おかしいな、誰にも気付かれていないと思ったのに。

「それはエステルさんがぁ、『マリアさんの姿が見えません！』と騒《さわ》ぎ出してぇ、大捜索《だいそうさく》したからですよぉ」

「ルレットさん⁉　マリアさんの前でそのことは言わないよう、何度も言ったではないですか‼」

なるほど、私が姿を消した後のことまでは、考えていなかったね。

慌てるエステルさんと、おっとり宥《なだ》めるルレットさんの姿が目に浮かぶ。

「エステルさんのことは置いといてぇ、マリアさんは何をしようとしていたんですかぁ？」

非難の声をあげるエステルさんを片手で制しながら、ルレットさんが言う。

後悔《こうかい》や謝罪、弔《とむら》いといった言葉が浮かんだけれど、今一つぴんとこない。

どれも合っていて、どれも違うような……。

悩《なや》んだ末、これかなと思った時にはもう口から出ていた。

「祈《いの》り、ですね」

短過ぎる答えだったかもしれない。

けれど、ルレットさんにはそれで十分のようだった。

ネロとクーガーを抱き締めていた私の体が、後ろから包まれる。

「それならぁ、私もご一緒させてもらえると嬉《うれ》しいですねぇ」

背中から伝わる温《ぬく》もりが、〝二人で背負わず一緒に〟と、そう言っている気がした。

私達を見て微笑《ほほえ》むエステルさんが、静かに歌う。

それは戦いの時に聞いた、鎮魂歌《レクイエム》。

変わらぬ旋律《せんりつ》と、美しく清らかな歌声。

けれどそこに陰《かげ》りは無く、木漏《こも》れ日《び》の中にいるような、心地好《ここちよ》さを感じる。

「私達のために祈ってくれた、マリアさんとルレットさんへ、私も祈ってみました。お二人の祈りが、やがてお二人の行く先を照らしますように、と」

エステルさんが夜空を見上げる。

そこに浮かぶ星が、私にはさっきより明るく見えた。

錯覚、なんだと思うよ。

でもそう感じるくらい、私の心を覆《おお》っていた雲は薄くなっていたんだろうね。

おばさんの想い、ルレットさんの温かさ、エステルさんの祈り。

それが穏《おだ》やかな風となって、晴れない雲を移ろわせてくれた。

私にはそう、思えてならなかった……。

ネロとクーガーも交え、五人で祈りを捧《ささ》げた後、私は花束の扱いを相談してみた。
そのまま地面に置いてもよかったのだけれど、少し味気ないからね。
エスエルさんは私と同じで、他に思《おも》い浮かばず。
けれどルレットさんは、思い掛《が》け無い提案をしてくれた。
提案を聞いた時、私はこれ以上相応《ふさわ》しいものは無いと思った。
早速《さっそく》クーガーにお願いし、風哮を頭上に展開してもらう。
私は宙に浮かせた花束を、その真上から落とした。
風哮に降《お》りた花束が、夜空へ白い花を咲《さ》かせ、舞う。
私達の想いを乗せ、高く、高く、高く……。
夜空に浮かぶ星へ少しでも近付くように、花は高く、昇っていった………。

幕間一▼▼真里姉と掲示板再び

＊＊＊　第一回公式イベント（攻略組）掲示板　＊＊＊

ここは『第一回公式イベント（攻略組）』掲示板です。
用法・要領を守って正しくお使いください。
なお投稿者《とうこうしゃ》のＩＤは管理側で自動採番し管理しております。

564：名前：名無しの冒険者
黒いのが大仰《おおぎょう》な台詞《せりふ》を言っているが、予想通り最初は雑魚《ざこ》ラッシュか。

565：名前：名無しの冒険者

第一エリアと第二エリアの雑魚っぽい。けど強さに変わりは無いようだな。

566：名前：名無しの冒険者
前線の進行が結構早い。雑魚って言っても、おかしくね？

567：名前：名無しの冒険者
攻略組でもトップクラスが集まっているから、あんなもんだろ。むしろ緩《ゆる》いぐらい。

568：名前：名無しの冒険者
レイド組んでいたらもっと早いんだがな。
ってか、なんで大規模イベントでレイド組めねえんだよ。運営マジあり得ねえ。

569：名前：名無しの冒険者
ポイントの割《わ》り振りが面倒なんじゃね？

570：名前：名無しの冒険者

ありそうだな。しかし雑魚から得られるポイントが一桁《ひとけた》とか、ショボ過ぎて萎《な》える。

571：名前：名無しの冒険者
一桁ｗ

572：名前：名無しの冒険者
マジかｗｗ

573：名前：名無しの冒険者
まあ雑魚だしな。数も減ってきたしそろそろ……。

574：名前：名無しの冒険者
次はネームドが湧《わ》いたか。後ろの出遅《でおく》れていた連中が左右から挟《はさ》まれ、すげえ慌てているのが笑えるｗｗ

575：名前：名無しの冒険者

フィールドボスでもないのに、情けなくね？

576：名前：名無しの冒険者
ＰＳもレベルも装備も足りないからな。

577：名前：名無しの冒険者
＞＞576
それ全部足りねえってことじゃんｗｗｗ

578：名前：名無しの冒険者
＞＞576
生産メインの連中もいるから、仕方がないと思いたい。

579：名前：名無しの冒険者
と言っている間に、右側の方は前線の一部が戻《もど》り、落ち着いたな。

580：名前：名無しの冒険者
左側は……ん？
なんかやけに白くてでかい生き物が、ネームドを大量に引き連れているんだが。

581：名前：名無しの冒険者
何言ってんだお前……ほんとだ。しかもなんか、人乗ってね？

582：名前：名無しの冒険者
嘘《うそ》だろ。乗り物が見付かったなんて聞いてないぞ。

583：名前：名無しの冒険者
誰《だれ》だ、そんな羨《うらや》ま怪《け》しからんことをしているやつは！

584：名前：名無しの冒険者
【視覚強化《しかくきょうか》】スキルを持っている俺《おれ》の出番がきたな……目がバグったようだ。
小〇生が乗っているように見える。

585：名前：名無しの冒険者
安心しろ、俺も〇学生が乗っているように見えるぜ！

586：名前：名無しの冒険者
お前ら隠す気ねえだろｗｗ

587：名前：名無しの冒険者
何もんだろう。ってかその小学〇、ネームドを瞬殺《しゅんさつ》しながら爆走《ばくそう》しているやつに、追い掛けられてねえか？　あの姿、どっかで見たような気が……ダメだ思い出せん。

588：名前：名無しの冒険者
左側にも前線が合流したっぽい。しかもレオン達か。あっちのネームドも終わったな。

589：名前：名無しの冒険者
ネームド出たし、そろそろボス？

590：名前：名無しの冒険者
さすがに早過ぎだろう。二時間のイベントで、まだ半分も経《た》っていないんだぜ。

591：名前：名無しの冒険者
と言っている間に演出か。そんなのいいから早くモンスターを出してくれ！
俺ネームドをあんまり倒《たお》せて……あっ。

592：名前：名無しの冒険者
＞＞591
必死だなw
って、あれ？
新しく出た門の前にいた連中、いなくね？

593：名前：名無しの冒険者
何を言っているのか分からないかもしれないが、あったことをそのまま話すぜ。

いきなり死に戻った。
そんな俺は、ちょうど門の前にいた591だ。

594：名前：名無しの冒険者
オーガ・クラウィス、聞いたことの無いモンスターだな。
ってかなんだこいつら、魔法《まほう》が効かねえ!?

595：名前：名無しの冒険者
馬鹿《ばか》落ち着け。
まずは冷静にタンクでタゲを取ってから……。

596：名前：名無しの冒険者
そのタンクが斧《おの》の攻撃《こうげき》で死に戻っている件。

597：名前：名無しの冒険者
Ｏｈ Ｎｏ！

598：名前：名無しの冒険者
＞＞597
シネ。

599：名前：名無しの冒険者
＞＞597
ｓｈｉｎｅ。

600：名前：名無しの冒険者
(´;ω;`)

601：名前：名無しの冒険者
物理攻撃は通るが、杖《つえ》が回復してきてウザいな。
しかも杖《つえ》を狙《ねら》うと、他が守りに入ってきやがる。

602：名前：名無しの冒険者
そこにＡＧＩ型、火力高めのオレ様登場。
パーティーの連中が攻撃している間に杖をサクッと……なんだこのポイント。

603：名前：名無しの冒険者
ネームドでも百ポイント程度だったんだ、どうせ大したことないんだろ。
……早く言ってくれてもいいんだからねっ！

604：名前：名無しの冒険者
一万だ。

605：名前：名無しの冒険者
は？

606：名前：名無しの冒険者

いちまん、テンサウザンド。

607：名前：名無しの冒険者
分かるわそれくらい！
ってか一万!?
今までのポイントが空気過ぎるだろう……。

608：名前：名無しの冒険者
これ杖倒《つえたお》して稼《かせ》がないと、ランキング上位に入れないパターンだな。

609：名前：名無しの冒険者
>>608
どういうことか教えてくれてもいいんだよ？

610：名前：名無しの冒険者
ツンデレ風味がうぜえ。

611：名前：名無しの冒険者
この流れからすると、次現れるのがボス。
しかしいくらボスが強くても、五千人のプレイヤーで挑《いど》めばその火力は相当だ。
つまりボスへ与《あた》えたダメージで得られるポイントでは、差がつきにくいはず。
後は、分かるな？

612：名前：名無しの冒険者
よし、俺ちょっと杖狩《つえか》ってくるわ。

613：名前：名無しの冒険者
俺も俺も。

：

……

…………

…………………

862：名前：名無しの冒険者
ふざけんなあのボス！
装備破壊《はかい》とか意味わかんねえ!!

863：名前：名無しの冒険者
装備失ったタンクでこれ以上どう戦えと？
バグだろ運営!!

864：名前：名無しの冒険者
遠距離《えんきょり》攻撃《こうげき》もエグい上に、範囲《はんい》広過ぎでしょｗ
バフ重ね掛けしていたのに、後衛一瞬《いっしゅん》で全滅《ぜんめつ》して笑うしかないｗｗ
あはははははｗｗｗｗ

865：名前：名無しの冒険者

>>864
しっかりしろ！
おい誰か、衛生兵っ！

866：名前：名無しの冒険者
>>865
ダメだ、864が聖職者だ。

867：名前：名無しの冒険者
くそったれ、救いがねえっ‼

868：名前：名無しの冒険者
このバグボス、戦い続ける意味あんのか？
オーガで死に戻った時より、ポイントの減りがヤヴァいんだが……。

869：名前：名無しの冒険者

本当だ……これで装備破壊の危険ありとか、誰得イベントだよ。
課金で装備買えねえから、装備失ってポイントも減ったら、赤字じゃ済まんぞ。
ぶっちゃけ、再起不能になるやつが出てもおかしくない。

870：名前：名無しの冒険者
タンクは既に涙目《なみだめ》ってか、呆然《ぼうぜん》としているのが多いな。

871：名前：名無しの冒険者
あっ、レオンのパーティーも逝《い》った。

872：名前：名無しの冒険者
これはもう、どうにもならないんじゃねえか？

873：名前：名無しの冒険者
だよな……って、黒いのが何か言っている。
ポイントが保証されて、イベントリタイア可能⁉

874：名前：名無しの冒険者
ガタッ！

875：名前：名無しの冒険者
ガタガタッ！

876：名前：名無しの冒険者
おい、お前ら無理せず先に行っていいんだぞ？

877：名前：名無しの冒険者
いやいや、お前こそ。

878：名前：名無しの冒険者
いやいやいや、お前こそ。

879：名前：名無しの冒険者

……。

880：名前：名無しの冒険者

……。

881：名前：名無しの冒険者

……。

882：名前：名無しの冒険者

あっ、レオンが行った。

883：名前：名無しの冒険者

攻略組《こうりゃくぐみ》のトップクラスが行ったなら……まあ、仕方がないよな？

884：名前：名無しの冒険者

そう捉《とら》えるのも、やぶさかではないぞ。

885：名前：名無しの冒険者《ぼうけんしゃ》
……じゃ、そういうことで。

886：名前：名無しの冒険者
ちょっ、行くなら俺も!!

887：名前：名無しの冒険者
俺もお前らのために続いてやるぜ!!

＊＊＊　第一回公式イベント後（攻略組）掲示板　＊＊＊

ここは『第一回公式イベント後（攻略組）』掲示板です。

用法・要領を守って正しくお使いください。
なお投稿者のＩＤは管理側で自動採番し管理しております。

〰〰〰〰〰〰〰〰〰〰〰〰〰〰

321：名前：名無しの冒険者
要は俺達《おれたち》が悪いと、ＡＩに好き放題言われたわけだが。

322：名前：名無しの冒険者
なんでＡＩごときに、あんなこと言われなきゃなんねえんだよ！
こんなクソゲー、やってられっか!!

323：名前：名無しの冒険者
装備壊《こわ》れて、泣いているやつも多いしな。
引退するやつ、けっこう出るんじゃね？

324：名前：名無しの冒険者
まあな……けど問題が装備だけなら、まだやり直す余地もある。
しかしカルマの影響《えいきょう》を考えると、な。

325：名前：名無しの冒険者
イベント前の第二の街でさえ、無視とか出禁食《く》らったりしたもんな。
名前の表示が薄《うす》い赤色ならまだしも、濃《こ》いとどんな目に遭《あ》うか……。

326：名前：名無しの冒険者
真っ赤な名前をプレゼントされたフレは、キャラリセすると言って、逝ったわ。

327：名前：名無しの冒険者
そいつ、このゲームのキャラリセの厳しさを知っているのか？
アカウント毎《ごと》に作れるキャラは一つだけ。
だからキャラリセ後、以前持っていた物を引き継《つ》ぐこともできないんだが。

328：名前：名無しの冒険者
フレに預けておいて、それをキャラリセ後に受け取ることも、なぜかできねえしな。
アイテムにはそんなこと、一切《いっさい》書かれていないのに……。

329：名前：名無しの冒険者
ひとまず、カルマの影響を見てからだ。
カルマがマイナス落ちしているやつ、少なくないし。

330：名前：名無しの冒険者
カルマか……プラスへ戻すのに、どれだけ労力が必要なんだよ。

331：名前：名無しの冒険者
あの言い方だと、他国に行けばカルマがリセットされる可能性もあるが、
他国の情報なんて皆無《かいむ》だから、不安でしかない。

332：名前：名無しの冒険者

イベントクリアした連中は、今頃《いまごろ》俺達《おれたち》のことを笑っているんだろうな。

333：名前：名無しの冒険者
あいつらはカルマも安泰《あんたい》のはず。
ランキングトップの、マリアだっけ？
百万ポイント付与《ふよ》されるくらいのカルマって、どんだけだよ。

334：名前：名無しの冒険者
想像もつかんが、それこそ膨大《ぼうだい》なんじゃないか。
けど、実際それだけのことはしているからな。
リタイア後も、スクリーン映像で俺達全員、見たはずだぞ。
たった一人、あのボス相手にゾンビアタックする姿を。

335：名前：名無しの冒険者
デスペナねえけど、ＭＰ切れの体調悪化と空腹、ボスの攻撃による痛み……。
前二つも重なるとやべえけど、ボスの攻撃、滅茶苦茶《めちゃくちゃ》痛いからな。

同じことやれと言われて、やれるやついるのか？
少なくとも俺は無理。

336：名前：名無しの冒険者
俺も無理だ。
もっとも、俺はＡＧＩ足りんから同じことやってもボスに前進され、街滅《ほろ》んだけどな。

337：名前：名無しの冒険者
……俺、キャラリセすっかな。

338：名前：名無しの冒険者
なんだ、カルマのマイナスが怖《こわ》くなったのか？

339：名前：名無しの冒険者
いや、なんつうかもう一度やり直してみっかなって。
そんだけ、じゃあな。

340：名前：名無しの冒険者
逝ったか……。
こうなってしまうと、否応《いやおう》なく考えさせられるな。
何のために、このゲームをするのか。

341：名前：名無しの冒険者
とりあえず、あんだけ重要な情報を流したんだ。
イベントに参加していないプレイヤーへの周知も兼《か》ねて、何かしらの公式発表すんだろ。
それを待ってから決めるってので、どうだ？

342：名前：名無しの冒険者
異議なし。

343：名前：名無しの冒険者
異議なし。

344：名前：名無しの冒険者
……。

＊＊＊　第一回公式イベント（生産連盟）掲示板　＊＊＊
ここは『第一回公式イベント（生産連盟）』掲示板です。
用法・要領を守って正しくお使いください。
なお投稿者のＩＤは管理側で自動採番し管理しております。

652：名前：名無しの冒険者
いよいよイベント開始。

ところで、なんで生産メインな俺達が、イベントに参加しているんだっけ？

653：名前：名無しの冒険者
連盟のトップ達《たち》が参加するからだろ。

654：名前：名無しの冒険者
マレウスさんは……まあいいとして、カンナさんに逆らったら、ただでさえ少ない女性プレイヤーに、総スカンを食らう恐《おそ》れがあるぞ。

655：名前：名無しの冒険者
あの人、無駄《むだ》に女性プレイヤーにモテるよな、無駄に。

656：名前：名無しの冒険者
くそっ、誰か俺にモテ分をくれ！

657：名前：名無しの冒険者

やっぱりあれか、オネエは近付き易《やす》いのか？

658：名前：名無しの冒険者
見た目は完全に女子だしな。
声はアレだが。

659：名前：名無しの冒険者
おい、声と性別のことを本人の前で言うなよ？
消されても知らんぞ⁇

660：名前：名無しの冒険者
何それ怖い！

661：名前：名無しの冒険者
怖いと言えば、ルレットさんが出ているのも、参加率に影響しているんじゃないか？

662：名前：名無しの冒険者
あの人に逆らったら、カンナさんと違《ちが》って物理的に恐《こわ》い思いをするからな。
いつだったか、ルレットさんのフレをナンパしようとしたプレイヤーがいたんだが、
壮絶《そうぜつ》な最期《さいご》だったぞ。

663：名前：名無しの冒険者
ゴクリ……後悔《こうかい》しそうで聞きたくないような、でも聞いてみろって囁《ささや》く俺の好奇心《こうきしん》！

664：名前：名無しの冒険者
サッカーボールでも蹴《け》る感覚で、体ごと蹴り飛ばしたのは、まだいいとして。

665：名前：名無しの冒険者
まだいいの!?

666：名前：名無しの冒険者
ちなみにあの人、蹴り一発で第二エリアのネームドのＨＰごっそり減らすぞ。

これ、豆知識な。

667：名前：名無しの冒険者
俺威力《いりょく》高めのスキルを使っても、数ミリしか減らせないんだけど……。

668：名前：名無しの冒険者
でな、その蹴りを男の大事な所に見舞《みま》ったんだよ、ピンポイントで、何度も何度も。
街中がセーフティの設定じゃなければ、一撃《いちげき》で逝《い》けただろうに……。
そいつはＧＭコールが受理される間、地獄《じごく》のような苦しみを味わい続けていた。

669：名前：名無しの冒険者
俺、ルレットさんには逆らわないようにするよ。

670：名前：名無しの冒険者
そうしとけ。
ただ、一部それをご褒美《ほうび》に思っているプレイヤーもいるから、気を付けろ？

671：名前：名無しの冒険者
>>670

┬┴┬┴┤
┴┬┴┬┤
┬┴┬┴┤_∧
┴┬┴┬┤ω・）ヨンダ？
┬┴┬┴┤⊂ノ
┴┬┴┬┤ Ｊ

672：名前：名無しの冒険者
呼んでねえ！

673：名前：名無しの冒険者
ふへっ！
ふへへへへっ！

ルレットの姐《あね》さんの蹴り!!
アレはイイものだあぁっ!!!

674：名前：名無しの冒険者
いいか、こうはなるなよ？
これ以上こんなのが増えたら、俺達生産連盟がヤヴァいやつ認定《にんてい》されかねん。
フリじゃないからな!?

675：名前：名無しの冒険者
だいぶ脱線《だつせん》しているが、まあトップの人柄《ひとがら》？ってのが理由と、あとはアレ、アレだな。

676：名前：名無しの冒険者
アレか……アレはヤヴァかったな。
あの旨《うま》みの爆弾《ばくだん》にやられたやつは、全員参加を決意したぞ。
ちなみに、鍛冶連《かじれん》で食ったのは三十二人。

677：名前：名無しの冒険者
ちょっと待て。
木工連で食えたのは二十五人なんだが。

678：名前：名無しの冒険者
おいおい、冗談《じょうだん》はよせって。
裁縫連《さいほうれん》じゃ十八人しか食えてないんだぜ？

679：名前：名無しの冒険者
どういうことだ⁇
確かトップ三人、アレの作り主から譲《ゆず》り受けた数は、同じだって聞いたんだが。

680：名前：名無しの冒険者
俺《おれ》もカンナさんからそう聞いたぞ。
だから二十五個しかないって。

681：名前：名無しの冒険者
ルレットさんは、にこりと笑いながら十八個手《て》渡《わた》してきた。

682：名前：名無しの冒険者
……。

683：名前：名無しの冒険者
……。

684：名前：名無しの冒険者
……。

685：名前：名無しの冒険者
代表して言うぞ、いいな？
「うちのトップ、ほんとは何個食った!!」

＊＊＊　第一回公式イベント後（生産連盟）掲示板《けいじばん》　＊＊＊

ここは『第一回公式イベント後（生産連盟）』掲示板です。
用法・要領を守って正しくお使いください。
なお投稿者《とうこうしゃ》のＩＤは管理側で自動採番し管理しております。

〜〜〜〜〜〜〜〜〜〜〜〜〜〜〜〜〜〜〜〜〜〜〜〜

345：名前：名無しの冒険者
イベント、終わったな……。

346：名前：名無しの冒険者
ああ、終わった。

様々な爆弾を投下して、だ。

347：名前：名無しの冒険者
ザグレウスの言う他国やカルマも気になる、気になるが。

348：名前：名無しの冒険者
また代表して言うぞ、いいな？

「あのマリアって子、なにもんだよ⁉」

349：名前：名無しの冒険者
まずは白熊《しろくま》！
えっ、なんで乗り物？
どこで手に入れたの教えてＷｈｙ⁉

350：名前：名無しの冒険者

糸みたいなのが見えたから、スキルで実現していたんじゃないかって気はするが。

351：名前：名無しの冒険者
糸使うジョブなんてあったか？

352：名前：名無しの冒険者
近そうなのは、楽師？

353：名前：名無しの冒険者
弦楽器《げんがっき》で糸を使うが、糸単体を武器にはしていないだろう。

354：名前：名無しの冒険者
盗賊《とうぞく》から二次職でアサシンとかになって、糸でキュッとするのはあるんじゃね？

355：名前：名無しの冒険者
糸で操《あやつ》っていると考えたら、それは無いな。

356：名前：名無しの冒険者
糸で操る……操り人形的《にんぎょうてき》な？

357：名前：名無しの冒険者
この場合人形じゃなくて、白熊と猫《ねこ》だけどな。
そういうのがあっても不思議ではないジョブ……道化師《どうけし》か？

358：名前：名無しの冒険者
道化師って、βテストの頃《ころ》に使えないジョブ一位に輝《かがや》いたやつだろ。
ネームド吹《ふ》っ飛ばしたり、オーガの肉切り裂《さ》いて雷《かみなり》打ち込んだり、できるもんか？

359：名前：名無しの冒険者
でもそれ以外に考えられんし、実際目にしているからな。
だがまあ、そんなのは些細《ささい》なことだ。
あの勇姿を見た今となっては。

360：名無しの冒険者
アレな……何度倒《たお》されてもボスに立ち向かう姿。
正直、震《ふる》えた。

361：名無しの冒険者
誰《だれ》かが言っていたな、『戦乙女《いくさおとめ》』と。

362：名無しの冒険者
漢字違いで『戦少女《いくさおとめ》』でもいいいな。

363：名無しの冒険者
二つ名を決めるのは、ひとまず置いておこう。
ボスに挑《いど》む姿もぐっときたが、俺としてはルレットさんが暴走した際、身を挺《てい》して正気に戻《もど》す場面がヤヴァかった。あんなん、映画でも見られないぞ。

364：名前：名無しの冒険者
激しく同意！
女鑿《じょうおう》モードのルレットさんをまるで姉、いや母親のように優《やさ》しく抱き締《だし》めるあの場面。
尊過ぎて、全俺が泣いた。

365：名前：名無しの冒険者
確かに、すげえ破壊力《はかいりょく》だった。
百合《ゆり》ってあまり興味ないんだが……アレは、ありだ。

366：名前：名無しの冒険者
ルレットさんは眼鏡外すと色々ヤヴァいけど、綺麗《きれい》さもヤヴァいから。
百合といえばイベントの終盤、マリアがシスターっぽい子と一緒に戦っていたよな。

367：名前：名無しの冒険者
俺近くで見たけど、清楚《せいそ》で半端《はんぱ》なく可愛《かわい》かった。
あんな子、一体どこにいたんだ？

368：名前：名無しの冒険者
マリアとシスター……うっ、響《ひび》きだけで汚《よご》れた俺の心が浄化《じょうか》される。

369：名前：名無しの冒険者
聖女と言っても過言ではないな、二人共。

370：名前：名無しの冒険者
きっとマリアちゃんのジョブはそれだ、もしくは聖母。

371：名前：名無しの冒険者
なるほど、同意だ。

372：名前：名無しの冒険者
ああ、全くだ。

373：名前：名無しの冒険者
傀儡《くぐつ》、人形……糸で人形……糸で人形と言えば………。

374：名前：名無しの冒険者
>>373
どうしたブツブツと。
浄化され過ぎて、人格にまで影響が出たか？

375：名前：名無しの冒険者
何でだよ！
いや、糸で操る人形のことを、マリオネットって言うじゃん？

376：名前：名無しの冒険者
まあな。その操者は差し詰《づ》め、マリオネーターといったところか。

377：名前：名無しの冒険者

マリアちゃんが、マリオネーター……マリおねーたん？

378：名前：名無しの冒険者
それって名前か？

379：名前：名無しの冒険者
いや、いっそ『マリおねーたん』ってジョブでいいんじゃね。
むしろジョブであることを口実に呼びたい、呼び掛《か》けたい！

380：名前：名無しの冒険者
ジョブ、マリおねーたん……イイ。
俺達のセンスが神懸《かみが》かっていて、恐ろしくなるな。

381：名前：名無しの冒険者
イベントの時より良い仕事をした気がするぜ。

382：名前：名無しの冒険者《ぼうけんしゃ》
同感。

383：名前：名無しの冒険者
右に同じ。

384：名前：名無しの冒険者
なら最後も代表して言うぞ、いいな？
「マリおねーたんマジ尊い!!!」

幕間二▼▼真里姉とあの団長が生まれたわけ

明日の会議で使われる資料の作成が終わった頃、時計の針は既《すで》に午前零時《れいじ》を回っていた。

「くそっ、今日も日付跨《また》ぎの仕事じゃねえか」

苛立《いらだ》ちの籠《こも》った独り言に、反応する者は誰もいない。

フロアのセンサーが明かりの必要性を認めているのは、俺の机だけ。

他の机はというと、午後八時には真っ暗になっていた。

仕事とプライベートの両立という、大層立派な方針を会社が掲《かか》げたのはだいぶ昔。

しかし恩恵《おんけい》を受けたのは、要領の良い連中だけだった。

会社の方針を盾《たて》にそいつらが放置した仕事は、結局誰かがやる羽目になる。

それは誰なのかといえば、半端な権限と重い責任を負わされた、いわゆる中間管理職。

今の俺の立場は、正にそれだった。

ちなみに責任者として考えた場合、俺の上司も残業しているべきだと思うが、肝心《かんじん》の上司が真っ先にフロアから姿を消すため、始末に負えない。

本人が言うには、定時後に大事な打ち合わせがあるらしい。

しかし飲みに行っているだけなのは周知の事実であり、打ち合わせ後に戻って来た例《ため》しが無い。

ちなみに俺と同じ三十代後半で、似たような立場を任された者の多くが、辞《や》めて転職するか、病《や》んで辞めた。

残業時間がおかしいことは、上司も会社も知っている。

だがそのことを訴《うった》えると、最後には『でも頑張《がんば》るしかないだろう』と口にする。

でもじゃねえ、こっちはもうボロボロなのを分かれよ、いい加減。

一方、部下は明確な指示が無ければ動かず、自発的な行動を促《うなが》すとパワハラだと言ってくる。

俺にどうしろというんだ……。

愚痴《ぐち》りながら俺はポケットに手を入れ、そこにあるはずの物が無いことに気付き、自分が禁煙《きんえん》を余儀《よぎ》なくされていたのを思い出した。

酒も賭《か》け事《ごと》もやらない俺にとって、煙草《たばこ》は数少ない心の安定剤《あんていざい》だった。

それが失われたのは、お小遣《こづか》いカットという、無慈悲《むじひ》な妻の宣告を受けたからだ。

思わず溢《こぼ》れた、溜息《ためいき》。

溜息を溢すと幸せが逃《に》げるというが、それなら俺の幸せはとっくにマイナスだ。

その言葉を考えたやつに言いたい。

溜息を溢して幸せが逃げるなら、何をしたら幸せはやって来るんだ？

そもそも、俺の幸せってなんだ⁇

残業の疲《つか》れで取り留《と》めのないことを考えながら、俺は終電間際《まぎわ》の電車に揺《ゆ》られ、家路についた。


「ただいま」

家に着いてお決まりの台詞《せりふ》を言うが、返事は無い。

最後に『お帰りなさい』という返事があったのは、いつだったか。

もうよく思い出せないが、年単位で昔なのは確かだ。

結婚《けっこん》して間も無い頃は、通話アプリで帰宅時間の遣《や》り取りもしていたが、仕事が溜《た》まっていくにつれ、俺は帰宅時間の訂正《ていせい》を繰《く》り返し、次第《しだい》に妻から確認《かくにん》の連絡《れんらく》も来なくなった。

この時間だと、もう娘《むすめ》と一緒《いっしょ》に寝《ね》ているだろう。

台所のテーブルに置かれていた夕食を、冷めたまま一人、テレビもつけず黙々《もくもく》と食う。

夕食が用意されているだけ、俺はまだマシなんだと、そう思うことにした。

十分も掛けず食べ終えた俺は、自室に入りスーツを脱《ぬ》ぐと、ラフな格好になってブラインドサークレットを装着した。

今の俺は、これからの時間のために現実をこなしていると言っても、過言ではない。

俺の心のオアシス、逃避先《とうひさき》……それがMebius World Onlineだった。


Mebiusの世界で、俺はグレアムと名乗ることにした。

何の由来もなく適当に付けた名前だったが、不思議とよく馴染《なじ》んだ。

俺は日頃《ひごろ》の鬱憤《うっぷん》を晴らすかのように、心の中で『上司のクソ』『部下のアホ』と罵《ののし》りながら、モンスターと戦い続けた。

戦えば戦う程《ほど》レベルが上がり、溜まった金で装備も充実《じゅうじつ》していく。

目に見える成果がやる気を生み、睡眠《すいみん》時間を削《けず》ってゲームにのめり込んだ。

やがてレベルが上限に達し、そこで俺は気付いた……気付いてしまった。

俺がやっていたことは結局ストレスの発散、一時気を紛《まぎ》らわすだけの、乾《かわ》いた砂に水を撒《ま》くようなものだと。

刺激《しげき》という名の水があるうちはいいが、無くなった途端《とたん》渇《かわ》きに苛《さいな》まれる。

勿論《もちろん》スキルレベルを高めるとか、装備を良くするとか、やり込もうと思えばできたが、結局それすらやり切ってしまったら、何が残る？

その事実を直視してしまった俺は、何かをする気も起きず、エデンの冒険者ギルドから
わくわくした様子の新人プレイヤー達を、ぼーっと眺《なが》めていた。

眺めながら心の中で応援《おうえん》を……いや、今のは嘘《うそ》だ。

一割応援し、九割嫉妬《しっと》していた。

ただその嫉妬も、多分に諦《あきら》め混じりではあったが……。

現実逃避として始めたつもりの、ＭＷＯ。

しかし、ゲームの中でも心が腐《くさ》っていくことに引退を考え始めた、ある日。

俺は小学生にも見える、小さな女の子のプレイヤーと出会った。

まだ始めたばかりなのか、全身初心者装備でおどおどしている様子に、珍《めずら》しく応援した
い気持ちが強くなったのを覚えている。

だがその後、ギルドの受付が依頼《いらい》し、女の子が受けたクエストの内容に俺は顔を顰《しか》めた。

ボアは初心者を脱《だつ》した頃に戦うモンスターで、ゲームを始めたばかりのプレイヤーが立
ち向かう相手ではない。

止めるべきか、しかしお節介《せっかい》ではないのか……。

悩んでいると、不意に娘との遣り取りが思い出された。

あれは確か、娘がテレビで活躍《かつやく》するスポーツ選手を見て、自分もやりたいと言い出した時のこと。

そのスポーツは金が掛かり、何より日々の練習がハードだった。

娘の性格からして続くとは思えず、俺が無理だと断言すると、返されたのは言葉ではなく、冷めた目。

あの時の反応が思い出され、俺はダメージを食《く》らってもいないのに、胸の辺りが痛んだ。

そして俺が痛みを堪《こら》えている間に、女の子は行ってしまった。

「くそっ……」

周囲に対し悪態をつくことは多かったが、自分に向けたのは久しぶりだった。

後悔なのか罪滅《つみほろ》ぼしなのか、俺は冒険者ギルドから動かず、待ち続けた。

クエストに失敗し戻ってきたら、その時こそ何かしてあげられるんじゃないかと、そう思いながら……。

だが俺の予想に反し、女の子は生還《せいかん》した。

それだけでなく、カリュドスというネームドも倒《たお》して。

周囲は捕縛《ほばく》状態のカリュドスに騒《さわ》いでいたが、そんなことより、俺はその強さに興味を引かれた。

強いプレイヤーは、ざらにいる。

自慢《じまん》じゃないが、俺も上位の方だった。

しかしこの女の子が持つ強さは、何かが違う。

何が違うのか、その時は分からなかった。

それからも冒険者ギルドで度々《たびたび》姿を見かけたが、気付けば俺は、その女の子を目で追うようになっていた。

……いやちょっと待て。

決して事案ではないぞ？

フリじゃないからな⁇

絶対に通報するなよ⁉

ゴホンゴホンッ……。

しばらくして、俺は女の子がよく話すギルドの受付に話《はな》し掛けてみた。

仕事とタバコミュニケーションで鍛《きた》えた話術を以《もっ》てすれば、雑談を交《か》わしつつ、欲しい情報の話題に繋《つな》げるなど簡単だ。

話の中で、俺は女の子の名前がマリアといい、街にある教会へ通っていることを知った。

教会なんて、エデンの街にあったか？

攻略等《こうりゃくなど》に関係が無く、全く知らなかった。

教会の場所を教えてもらい、赴《おもむ》いたそこで、俺は見た。

マリアが思《おも》い遣《や》りの心を持って、教会のシスターや子供達《こどもたち》と触《ふ》れ合う姿を。

マリアは相変わらず初心者装備で、俺の装備と比べたら比較《ひかく》にならない程貧弱だ。

しかし、中身はどうだ？

俺の方が勝っていると思える何かが、果たしてあったか⁇

居た堪《たま》れなくなり、俺はその後直ぐにログアウトした……。


ブラインドサークレットに触れることもせず、悶《もだ》えながら数日を過ごしようやく決意を固めると、俺は再びMebiusの世界へログインした。

もっとも、決意を固めるなんて大袈裟《おおげさ》な言い方をしたが、単に諦め切れなかっただけだ。

マリアの持つ強さを得るには、どうしたらいいかを。

俺はそれを知るために、マリアが居ない時を見計い……だから事案じゃない！

おまわりさんを呼ぶなっ‼

全く……マリアが居ない時に、俺は教会を訪ねた。

手ぶらでは悪いと思い、菓子《かし》も買った。

そういえば、娘からねだられ菓子を買った記憶はあるが、自分で選び買った例があったかどうか。

最初は教会のシスターに物凄《ものすご》く警戒《けいかい》され、現実でも経験したことが無い程焦《ほどあせ》った。

焦って混乱した俺は、抱いていた想《おも》いをそのまま吐き出していた。

出た言葉は、支離滅裂《しりめつれつ》だったと思う。

しかしエステルと名乗ったシスターは、俺の葛藤《かっとう》を見抜《みぬ》いたかのように、マリアのことを淡々《たんたん》と話してくれた。

聞かされたマリアの振《ふ》る舞《ま》いは、ただただ衝撃《しょうげき》だった。

「なぜだ、なぜ彼女はそんなことができる！」

気が付けば、俺はそう叫《さけ》んでいた。

「見返りもなければ、合理的でもない。彼女は一体、なんなんだっ!!」

俺の問いとも言えないような言葉に、エステルは答えた。

「マリアさんはご自身の心の声に、その身を自然と委《ゆだ》ねられる方なんです。本当は誰でも、いつでも、心は囁いているんですよ？　けれど私達は囚《とら》われるものが多過ぎて、聞き逃《のが》してしまうんです」

まるで子供に言い聞かせるような口調だったが、反発する気は起きなかった。

「ですが、マリアさんはそれだけでなく、他者の心の声も聞くことができるのだと思います。あなたは、あなたの心の声に耳を傾《かたむ》けていますか？　他者の心の声に、耳を傾けていますか？」

その言葉は、俺の心にすとんと落ちた。

ああ……そうか、そうだったのか。

仕事や家庭、その不満を無理して呑《の》み込む一方、心の中で自分は悪くないと思っていた俺には、得られるはずもない強さだ。

俺の渇《かわ》きが、満たされるはずもないわけだ……。

くそっ、今日はやけに日差しがきつくて目に染《し》みる。

天を仰《あお》ぐ俺を、エステルは何も言わず、そっとしておいてくれた。


それからの俺は心機一転、事態は好転……と言いたいところだが、現実は甘《あま》くない。

まあ、それが現実ってやつだ。

だがＭＷＯの中に、希望を見付けることはできた。

上司については、俺が残業時間を労基署《国》に相談するつもりだと告げ、打ち合《飲》わせ《み》に行くことを阻止《そし》。

自ら動かない部下には、俺が負担した時間と作業内容を金額で示し、給料分の働きをしているか問い質《ただ》した。

ぶっちゃけ今のままなら、部下に頼《たの》むより外注した方が安い。

どちらも慌《あわ》てて仕事に戻ったが、成果についてはあまり期待しないでおこう。

おそらく明日、俺が後始末をする羽目になるだろうから。

まあ、それも全《すべ》ては明日のことだ。

俺はその日、上司や部下がしていたように定時で退社した。

あまりにも早く帰宅した俺を見て、妻と娘は最初別人だと思ったらしい。

姿は何も変わっていないのに、さすがにそれは酷過《ひど》ぎだろう……。

ともかく、その日の夕食で俺はこれまで何を思っていたかを話し、妻には入浴剤《にゅうよくざい》を、娘にはケーキを渡《わた》した。

反応はあまり無かったが、自業自得《じごうじとく》というものだろう。

長年俺が妻と娘と向き合ってこなかった、その結果なのだから。

であれば、同じだけの時間を掛け、やり直してみよう。

焦らず、ゆっくりと……。

その日の夜、ネットでＭＷＯの話題を辿《たど》っていると、俺は掲示板上でマリアに……いや、マリアさんに注目する人達がいることを知った。

もっとも、興味の大半は幼い容姿に対するものだったが、まあいいだろう。

マリアさんの本質は、きっと直ぐ皆《みんな》にも分かるはずだ。

だから俺は、知っていることを隠《かく》しながら掲示板に書き込みをした。

そしてマリアさんが想うままにＭＷＯを楽しめるよう、ある組織を作った。

組織の名は『幼教信者《ようきょうしんじゃ》の集《つど》い』。

後に『教団《きょうだん》』と呼ばれる組織と、団長《俺》が爆誕した瞬間《しゅんかん》だった。

幕間三▼▼真里姉と眼鏡を掛けた裁縫士の過去語り

ペン先に鋭《するど》い歯車を付けたような道具、ルレットを使い、型紙の線を基に下の生地《きじ》へ印を付けていた時のこと。

『婚約《こんやく》を破棄《はき》させてくれないか』

唐突《とうとつ》に、婚約相手からそんな言葉が飛んできた。

そう、文字通り飛んできたのだ……アプリのメッセージ機能によって。

重過ぎる内容に理解が追い付かない一方、それ程の言葉を対面でも通話でもなく、手軽に伝えられたことが悲しかった。

何かの間違いではないかと思い直し、震《ふる》える手で文字を入力していると、彼から続きの言葉が。

そこには婚約を破棄するに至った理由が、大量に書かれていた。

『君は俺《おれ》よりも優秀《ゆうしゅう》だ』
『君は俺よりも強い』
『君といると俺は惨《みじ》めになる』
『君といると俺は息が詰《つ》まる』
『君のせいで俺は辛《つら》い』
『君のせいで俺は死にたくなる』
………
……
…
スマホを握る手が、違った意味で震えてくる。
理由と言ったけど、実際は私への配慮《はいりょ》がまるでない、ただの独り言だった。
しかも最後の方は悪口の羅列《られつ》になっている。
彼の中で私は既に元婚約者、あるいはそれ以下の存在になっているのだろう。
それでも婚約するくらい、深い仲だったはず……それなのに………。

彼と初めて出会ったのは、私が服のブランドを立ち上げて間もない頃。

まだブランド名は浸透《しんとう》しておらず、服が売れるのも月に数着といった状況《じょうきょう》の中、モデルとして呼んだのが彼だった。

モデルの候補は知り合いに何名か紹介《しょうかい》されたけど、殆《ほとん》どが中性的な容姿を売りにしただけで、面白《おもしろ》みに欠けた。

しかし、彼が売りにしたのは内面の弱さと、それを活かす奇抜《きばつ》なポーズだった。

ギャグと紙一重《かみひとえ》な姿に面白みを感じ、彼に決めたのを覚えている。

敢《あ》えて甘くないデザインの服を合わせたところ、弱さとのギャップが却《かえ》って印象的に映り、私のブランドはあっと言う間《ま》に知れ渡った。

服のオーダーが引っ切り無しに舞い込み、私はどんどん新しい服をデザインした。

その服を着るモデルは、彼。

二人三脚《ににんさんきゃく》のような状態で仕事をしているうちに、私達の距離《きょり》も自然と縮まっていった。

やがてブランドが軌道《きどう》に乗り、彼と出会ってから一年という節目に手渡《てわた》されたのが、婚約指輪。

二十代後半となり、親の圧力《孫が見たい》にウンザリしていた私は、これも縁《えん》かと思いその申し出を受けた。

それがまさかの、婚約破棄《こんやくはき》。

しかも婚約指輪を貰《もら》ってから、まだ半年も経《た》っていない。

正直なぜ、どうすれば良かったのか、なんてことを考える余裕《よゆう》は無く。

気が付けば私は、握《にぎ》り締めたスマホを全力で床《ゆか》に叩《たた》きつけていた。


その後、仕事場から帰宅した私を待っていたのは、いつもと違《ちが》う密《ひそ》やかな空気だった。

予想はしていたけど、同棲《どうせい》していた彼は既に家を出たようだ。

人気のない家独特の、冷たい静けさが漂《ただよ》う中、リビングに入り明かりをつける。

目に飛び込んできたのは、泥棒《どろぼう》にでも入られたかのように散乱した物、物、物……。

あまりの惨状《さんじょう》に、私の思考はしばらく停止した。

やがて状況を確認できるようになると、床に散らばった物の中に、彼の物だけが無いことに気付いた。

それは棚《たな》の奥《おく》に仕舞《しま》っておいた、貴重品入れの中身も例外ではなく。

彼にとって不要な物はぶちまけられ、足跡《あしあと》が付いている物や、砕《くだ》けてしまっている物もある。

足跡が付いているのは、写真。

砕けてしまったのは、貝殻《かいがら》。

写真は、彼と初めてデートした時に撮《と》った物。

貝殻は、彼が砂浜《すなはま》で一生懸命探してくれた綺麗な物。

形ある想い出が無残な姿を晒《さら》しているにも拘《かか》わらず、一緒に仕舞われていた婚約指輪だけが無い。

「やるなら綺麗に片付けていきなさいよ……」

私は散らばった写真と砕けた貝殻を集め、灰皿に載せライターで火をつけた。

緋《あか》い炎に包まれる、写真。

灰に覆《おお》われる、貝殻。

その様子は、まるで私の心を表しているかのようだった…………。

婚約を破棄されてから、今までより仕事に没頭《ぼっとう》し、数週間が経った。

それは彼のことを忘れるため、ではなく。

彼を前提としたデザインの修正に追われ、没頭せざるを得なかったからだ。

気持ちの面では、まだ整理が付いたとはいえない。

一緒に過ごした時間が未練となり、心に巣くっていた。
今は目先の仕事に集中……そう自分に言い聞かせていると、メールの着信音が鳴った。
送り主は服飾《ふくしょく》専門学校の同期、二海堂《にかいどう》。
二海堂はファストファッションを展開する大企業、二海堂グループの社長令嬢《れいじょう》。
しかも才色兼備《さいしょくけんび》というおまけ付き。
ただし、才の部分で私より上に行かせたことはなかったけど。
それがよほど悔しかったのか、在学中やたらと絡《から》まれた記憶がある。
彼女にとって、私は正に目の上のたんこぶだったのだろう。
そんな彼女からの、連絡。
連絡先は入学時に同期繋がりで交換したけど、これまでに遣り取りしたことはない。
私は新しく買ったスマホのロックを解除し、慎重に彼女のメールを開いた。
そこには私の元婚約者に抱き締められ、得意気に嘲笑《わら》う二海堂の姿があった。
メールに書かれていた内容は、一言。

『私達結婚《わたしたちけっこん》します♪』

私は買ったばかりのスマホを、再び床に叩きつけていた。

その後、私のブランドの売り上げは下がり続けた。

怒《いか》りに囚《とら》われ、デザインの修正が思うようにいかなかったのも原因だけど、それ以上に、二海堂が私と良く似たコンセプトの服を、彼をモデルに安く売り出したことが大きかった。

大企業という強力な後《うし》ろ楯《だて》のある彼女を前に、知名度はあるものの、所詮《しょせん》個人ブランドでしかない私では、地力に差があり過ぎて、勝負にならなかったのだ。

これまでにないデザインをと焦れば焦るほど、肝心のデザインは迷走し、売り上げが落ちる速度も速まった。

いよいよ赤字に陥《おちい》り、貯金を切り崩《くず》した日のことは、よく覚えている。

吐《は》き気《け》を伴《ともな》う強いストレスに襲《おそ》われ、夜は眠《ねむ》れず、明け方になりようやく寝ることができたと思ったら、悪夢にうなされ飛び起きた。

寝間着《ねまき》は脂汗《あぶらあせ》でびっしょりと濡《ぬ》れ、その不快さと悪夢の余韻《よいん》が、私から二度寝《にどね》する気力を奪《うば》い去る。

切り替《か》えて仕事を始めたけど、出来上がったデザインは我ながら酷《ひど》い物だった。

体調不良とデザインの悪化、それが繰り返される負のスパイラル。

そんな生活が三ヶ月続き、精神的にも肉体的にも追い詰められた私に、荷物が届いた。

それは思い出したくもない、元婚約者宛《あ い つ あて》に送られた物。

一瞬《いっしゅん》受け取りを拒否《きょひ》しようかと思ったけど、大事な物であれば仕返しできると考え、受け取ることにした。

段ボールの中にあったのは、ロゴとして杖《つえ》に絡《から》みつく蛇《へび》を描《えが》いた、シンプルな箱一つ。

箱を開けると、衝撃吸収材に守られ、サークレットのような装置とソフトが入っていた。

ソフトのタイトルは〝Mebius World Online〟。

「これって、ゲーム？」

サークレット型の装置は、確かフルダイブするための物だったように思う。

タイトルには聞き覚えが無く、調べてみると正式サービス開始前のテスト期間中らしく、その倍率は募集《ぼしゅう》に対し五十倍とあった。

ゲームにあまり興味の無い私だったけど、それだけ注目されているゲームにクリエーターとして興味が湧《わ》いた……というのは建前。

公式サイトに書かれていた謳《うた》い文句《もんく》に、現実を一時でも忘れられるんじゃないかと、僅《わず》かな期待を抱《いだ》いたのが本音。

早速《さっそく》ベッドで横になり、サークレットを装着しソフトを起動すると、私は一瞬にしてMebius World Onlineの世界へダイブした。


最初のキャラクター作成で付けた名前は、ベルベット。

その時試作していた、服の生地からとった。

選んだジョブは、拳闘士《けんとうし》。

体型維持《いじ》を兼《か》ね、一時期キックボクシングを習っていたので、ほぼ一択《いったく》。

キャラクター作成が終わり、始まりの街エデンへ転移すると、そこには現実以上の現実が、確かに存在していた。

生い茂《しげ》る草の、青々とした匂い。

流れる風は心地好《ここちよ》く、降り注ぐ日差しは暖か。

地面を蹴《け》れば土埃《つちぼこり》が舞い、漂う土の匂いは風に運ばれ消えてゆく……。

それは現実の自然を再現したというレベルを超え、新たな自然を創《つく》り出していた。

「凄《すご》い……」

その一言に全てが集約される程の、圧倒的《あっとうてき》な現実。

五感さえも鋭くなった気がする。

いっそ、生まれ変わったと言ってもいいくらいに。

感じる物全てが、新鮮《しんせん》。

モンスターを薙《な》ぎ倒すのは、爽快《そうかい》。

また現実には無い素材、製法を用いて服を作ることは、とても楽しかった。

作った服は他のプレイヤーにも好評で、その反応が私の創作意欲を掻《か》き立てる。

そう、現実とはまるっきり逆。

現実ではデザインに苦しめられ、必死に作っても反応は芳《かんば》しくない。

それがこちらでは、こんなにも評価される。

同じ生産を楽しむ仲間もでき、私はMebiusの世界へますます夢中になっていった。


そんな夢のような時間に罅《ひび》が入ったのは、あるモンスターの存在が確認された頃《ころ》。

モンスターの名は、アスラ。

フィールドボスの中でも発生頻度《ひんど》、出現場所が不規則で、プレイヤーからレア扱《あつか》いされていたモンスター。

複数のパーティーで挑《いど》めば倒すのは難しくなく、その割に貴重な魔石《ませき》が確実に手に入るということで、宝探しのように、一部のプレイヤーが躍起《やっき》になって探していた。

私も一度だけ参加したけど、運が良かったのか悪かったのか、アスラが誕生する瞬間を目にしてしまった。

最初に現れたのは、青い火の玉。

しばらく辺りを漂《ただよ》っていたかと思うと、ＮＰＣを見付けるやその体に入り込み、肉体を瞬《またた》く間に肥大化させた。

長く伸《の》びた爪《つめ》は鋭利《えいり》な刃《やいば》を思わせ、私と同じくらいだった身長は見上げる程高くなっている。

剥《む》き出しになった牙《きば》の隙間《すきま》から唾液《だえき》が滴《したた》り落ちる様子に、基となったＮＰＣの面影《おもかげ》を探す方が難しい。

私達がアスラと呼んでいたモンスターの正体は、いわば霊魂だった。

それがＮＰＣに取り憑《つ》くことで、実体化する。

つまり、プレイヤーがこれまで狩《か》り続けていたのは……。

その事実を知った時、私はもはやアスラと戦う気が失《う》せていた。

しかし、周囲のプレイヤーはそうではなく。

むしろ発生した様子から、おぞましいことを考えた。

アスラは倒すと魔石を落とし、本体である霊魂は離《り》脱《だつ》する。

その際近くにNPCがいなければ彷徨《さまよ》い続け、見付けると再び取り憑く。

モンスターのいるフィールドにNPCが現れることは稀《まれ》で、それがアスラの出現場所、出現頻度が不規則な理由に繋がっていた。

だから、彼等はこう考えたのだ。

予備のNPCを連れて来れば、何度もアスラを倒せるのではないか、と。

連れて来るとは言っても、実際はただの拉致《らち》。

NPCは感情の起伏《きふく》に乏《とぼ》しく、罪悪感を抱《いだ》かないのかもしれないけど……。

「これでは、むしろ私達の方がモンスターじゃない」

呟《つぶや》きは喧騒《けんそう》に呑まれ、誰《だれ》の耳にも届かない。

怒りを覚えた私は、拉致してきたプレイヤーを蹴り飛ばし、NPCを連れてその場から逃げ出した。

手ずから作り込んだ装備の補正に、キックボクシングで鍛えた足技《あしわざ》は伊達《だて》じゃなく、一対一《たいいち》で私を倒せるプレイヤーは少ない。

けど今は多勢に無勢で、更にNPCを庇《かば》いながらの逃走《とうそう》。

私一人なら躱《かわ》せても、敢えて受けざるを得ない攻撃《こうげき》もあり、それが逃げる速度を低下させる。

気が付くと、私達は崖《がけ》に追い詰められていた。

崖の際へ後退《あとずさ》るところに放たれる、無数の魔法《まほう》。

ＮＰＣを抱き魔法を一身に受けた私は、崖下《がけした》の川へと落ち、そのまま意識を失った……。


目覚めると、知らない天井《てんじょう》が映っていた。

側でこちらに目を向けているのは、灰色の長い髪《かみ》を一房《ひとふさ》にまとめ、丸眼鏡をかけた少し暗い感じの男だった。

「……起きたか」

歳《とし》は四十代くらいで、その手には分厚い本と、肩《かた》に乗る白い猫《ねこ》が一匹《いっぴき》。

「使い魔のこいつが川でお前を見付けた」

男がそう言うと、猫が『ニャア』と眠たげに鳴いた。

「助けてくれてありがとう。私はベルベット……って、あのＮＰＣは⁉」

「無事だ」

慌てる私に短く答え、男はそれきり口を閉ざしてしまった。

確かに知りたいことは答えてくれたけど、無愛想にも程があると思う。

おまけにこちらは名乗ったのに、向こうは名乗っていない。

助けられた側なので、黙《だま》っておいたけど。

ただ、拒絶《きょぜつ》されている感じは無かった。

NPCだからというのとは別に、無駄《むだ》を嫌《きら》っているように感じる。

無駄な動作、無駄な言葉、無駄な思考。

私に目を向けたのも、目覚めた時の一瞬だけ。

その後は手元の本に視線を戻《もど》し、こちらを見ることはなかった。

私を助けるという行為《こうい》と、無駄を嫌うというのは矛盾《むじゅん》するけど、使い魔が煩《うるさ》くて仕方がなく、といったところかな。

一先《ひとま》ず場所を確認するためにマップを開くと、第二エリアの外れにいることが分かった。

乗り物がまだ見付かっていない今、街へ戻るにはかなり歩く必要がある。

いや、いっそ死に戻りすれば早いか……。

そう思った時、〝ぐうぅぅっ〟と私のお腹《なか》が盛大に鳴った。

あれからだいぶ経っていたようで、満腹度が二割を切っていた。

ゲームとして必要な要素なのは分かるけど、何もお腹の音まで再現しなくていいじゃない……。

羞恥《しゅうち》に顔を赤くする私をよそに、男は本を閉じどこかへ行ったかと思うと、目の前に木皿に入ったスープと、木匙《きさじ》を置いた。

食べろ、ってことかしら？

ちらりと窺《うかが》っても男が反応を示すことは無く、何事も無かったかのように、再び本の世界へ戻っている。

「……いただきます」

私は両手を合わせ、感謝を示してからスープを口に含《ふく》んだ。それは野菜を適当に切って煮《に》ただけの、味の薄いスープだった。

お世辞にも、美味《おい》しいとは言えない。

それでも、男がいるこの静かな空間で食べていると、これ以上今に相応《ふさわ》しいスープは無いように思えた。

食事を終え空腹は満たされたけど、男は相変わらず本を読んだままで、口を開く気配は無い。

邪魔《じゃま》をしては悪い……というより、対抗《たいこう》心に近いものから、私も黙って外に出ることにした。

男の家は樹々《きぎ》の開けた場所にある簡素な佇《たたず》まいで、似たような家が他にも幾《いく》つか建っている。

村と呼ぶには規模が小さく、集落と言った方が正しいかもしれない。
住んでいるのは二十人程。
老人が多く、男は一番若そうだった。
自然に溶《と》け込むように作られたこの集落で、人が音を立てることは殆ど無い。
だから聞こえてくるのはありふれた、けど意識しなくなって久しい、音の数々。
木の葉が互《たが》いに触れ合う音、川を流れる水の音、空飛ぶ鳥が囀《さえず》る音……。
そんな音に包まれながら、時間がゆったりと流れていく。
人の営みの、原風景。
実家にさえ感じたことの無い、郷愁《きょうしゅう》。
独《ひと》り苦しんでいた私に、この場所はそっと寄り添《そ》ってくれた。
木々のように力強く……。
水のように優しく…………。
空のように深く………………。
気付けば、私の頬《ほお》を温かな滴《しずく》が伝っていた……。
私はそれからしばらくの間、この名も無き集落で過ごした。

寝床《ねどこ》は男が……いや、彼が好きに使えと言ってくれたので、そのまま使わせてもらった。

代わりに畑仕事を手伝い、狩りに行き、料理をする。

料理が得意ではない私の作った食事を、彼は黙って食べた。

相変わらず口数が少なく、美味《うま》いとも不味《まず》いとも言わないけど、残すことは無い。

だから私も、敢えて感想を聞きはしなかった。

聞かずとも彼のちょっとした仕草で、感情の欠片《かけら》を読み取れるようになっていたからだ。

右の眉《まゆ》を持ち上げた時は、満足している時。

左の口端《こうたん》が下がった時は、我慢《がまん》している時。

私の料理を食べている時は、前者の方が多かったと思う……多分。

そんな言葉の無い遣《や》り取りが、今の私には心地好かった。

この時間がずっと続けばいいと、そう願う程《ほど》に。

しかし、私の願う未来が訪《おとず》れることは無かった……。


ある晩、珍《めずら》しく集落から人の声があがった。

何事かと見に行けば、そこには胸を掻き毟《むし》る、一人の老人の姿があった。

苦痛に叫ぶ口からは牙が覗《のぞ》き、細い体は膨《ふく》れ上がった筋肉に覆われていく。

この変化、忘れるはずもない。

「アスラ……」

直後、アスラと化した老人に大勢のプレイヤーが襲い掛《か》かって来た。

咄嗟《とっさ》に距離を詰めた私は、先頭を走るプレイヤーにカウンター気味のハイキックを見舞《みま》い、全力で振り抜いた。

吹っ飛んだプレイヤーが後ろに続くプレイヤーにぶつかり、その足を止める。

「なんだ？　こいつ、以前狩りの邪魔をしたプレイヤーじゃねえか！」

「ＮＰＣ逃して俺達《おれたち》を攻撃するとか、お前一体何がしたいわけ？」

「もっかい死んどくか？　おいっ!!」

殺気だったプレイヤーの数は、ざっと三十人。

戦力差は前回と変わらない。

おそらく、勝ち目は無いだろう。

「でもね……」

ここには世話になった彼がいて、集落がある。

だから私だけ逃《に》げるなんてことは、できない。

「あ？　何を言っべぐらぁっ」

喋《しゃべ》っている途中で右脇腹《レバー》にミドルキックを叩き込み、前屈《まえかが》みになったところを下から蹴り上げる。

足は勢いに任せ高く上げ、別の相手に踵落《かかとお》としを食らわせた。

囲まれたら低い姿勢になり、体ごと回転し足払いを掛け、膝蹴りを放ちながら突破する。

私を追い掛けようとした何人かは、無防備な背中をアスラに襲われていた。

蹴り続け、動き続け、私は力の限り戦い……また、敗れた。

本来なら殺され、死に戻っている。

しかし彼等の悪趣味《あくしゅみ》のせいで、私は死ねなかった。

集落の人がアスラに変わる様を、倒される様を、私へ見せ付けるために……。

目の前で、見知った人達が次々と命を奪われていく。

そんな中、崖《がけ》から一緒に落ちた人が連れて来らた。

抵抗もせず相変わらずの無表情だったけど、アスラに取り憑かれる直前、その唇《くちびる》が微《かす》かに動く。

私には『ありがとう』と、そう言っているように見えた。

込み上げてくる激情を、どうしていいか分からない。

そして到頭《とうとう》、彼の番になった。

彼は死を目前にしても、怯《おび》えた様子が無い。

本を読んでいる時と、まるで変わらない面持《おもも》ち。

そして彼がアスラに取り憑かれた、その瞬間。

今までと違い、現れたアスラは更に体が大きく、鋭い爪はまるで鎌《かま》のように伸びていた。

「なんだこりゃ、変異種か？」

「マジか！　すっげえレアじゃん」

「どんなドロップするか楽しみ過ぎる‼」

プレイヤーがアスラに、彼に群がる。

それを彼は、たった一人で迎《むか》え撃《う》った。


東の空に浮かんでいた月が、天頂を過ぎた頃。

彼はまだ、戦い続けていた。

これまでのアスラが直ぐに倒されたのを考えると、それは異常なことだった。

「ちっ、しぶてえなこいつ」

「地味に強い。何人か死に戻らされたぞ」

「まあな。だがもう虫の息だっ！」

スキルによる攻撃を受け、彼が私のすぐ側に倒れた。
そのＨＰは、もう残り僅《わず》かになっている。
けど私は、何もできない。
何も、してあげられない。
それが悔《くや》しくて、悲しくて、憎《にく》しみの気持ちが溢《あふ》れるのを止められなかった。

『アラガウカ？』

えっ？

『ヒトヲ、ステテ、アラガウカ？』

彼が、じっとこちらを見ていた。
しかし瞳《ひとみ》は虚《うつ》ろで、そこに彼の意思は感じられない。
おそらく、今の言葉はアスラ自身の物。
アスラに意思があったことは驚きだけど、問い掛けに、私は迷わなかった。

無力さを後悔《こうかい》して生きるくらいなら、悪魔《アスラ》にも魂《たましい》を売る。

『抗《あらが》う。たとえ、私が私でなくなったとしても』

『イイダロウ、ケイヤクハ、ナサレタ……』

彼から抜けたアスラの霊魂が、私に取り憑く。

変化は劇的だった。

あらゆる感情が負の渦《うず》に呑《の》まれ消えていき、替わりに極《きわ》めて純度の高い破壊衝動《はかいしょうどう》が生成される。

理性の欠片が消える直前、馬鹿《ばか》みたいな数値になっているステータスの隣、ジョブの名前が変わっていた。

そこには【羅刹女《らせつにょ》】と書かれていた。

我に返ると、既《すで》に夜が明け始めていた。

アスラを受け入れてからの記憶《きおく》は曖昧《あいまい》で、よく覚えていない。

けど、襲ってきたプレイヤー全員を死に戻らせたのは確かだ。

以前とは違う、物悲しい静けさに包まれた集落の中、命が尽きようとしている彼の側に、私は跪《ひざまず》いた。

傍《かたわ》らには、彼の眼鏡を拾ってきた使い魔の猫が座っている。

どう話《はな》し掛けたらいいのだろう。

私達プレイヤーが、この惨劇《さんげき》を招いた。

彼等は、その被害者《ひがいしゃ》だ。

一度はアスラを倒そうとした私が、加害者でないとは言えないし、言いたくない。

それなのに、彼は私の胸中を知ってか知らずか、淡々《たんたん》と話し掛けてきた。

「気に病《や》むな……誰しもいずれ、死ぬ」

「……」

「だが、お前の目……死に逝《ゆ》く俺には緋《あか》く、眩《まぶ》し過ぎる……」

彼は震える手で猫から眼鏡を受け取ると、何事か呟き、私の手に載せた。

渡された眼鏡は、元々透明だったレンズがぐるぐる模様に変わっている。

「掛けて、みろ」

言われるまま掛けてみると、熾火《おきび》のように残っていた心の熱がすっと引いた。

「最期《さいご》まで、世話が焼ける……」

彼の口端が、僅かに持ち上がる。

苦笑《くしょう》だったのかもしれないけど、彼が笑うのを、私は初めて見た。

「いずれ、その目を受け入れる者が、現れる」

彼の体が、徐々《じょじょ》に輪郭《りんかく》を失っていく。

「それまで、貸し、だ……」

そう言うと、彼の猫が一声鳴いて、共に消えた。

最期まで、名前を教えてはくれずに。

後にはただ、彼が貸してくれた眼鏡だけが残った……。


名も無き集落から戻ること、しばらく。

私はあの時襲ってきたプレイヤーを、片《かた》っ端《ぱし》から狩り続けた。

それは私怨《しえん》というより、八つ当たり。

何をしても彼が、あの集落にいた人達が戻ってくることは無い。

けど、私は狩るのを止めなかった。

執拗《しつよう》に追い、眼鏡を外しあの力で倒していると、やがて彼等は姿を消した。

それと同時に、私の心に燻《くすぶ》っていた物も消えたように思う。

私は再び生産に戻ったけど、以前と違い、過度に性能を追求することはしなくなった。

性能よりも、その人に合う物を。

今際《いまわ》の際《きわ》、彼《かれ》が眼鏡をアレンジしてくれたように……。

それは現実でも同様で、私は目新しいデザインに拘《こだわ》るのを止め、服を着る人が自然体でいられることを意識した。

見方を変えたら、それは没個性《ぼっこせい》。

事実、更に多くのお客さんが離れ、辛辣《しんらつ》な意見を貰《もら》うことも少なくなかった。

ブランドを立ち上げた頃の私なら、病んでいたかもしれない。

その意味で、あの眠れぬ日々を送ったことは、私のメンタルを多少なりとも強くしたのだろう。

歯を食い縛《しば》り信じた遣《や》り方《かた》を貫いていると、興味を持ってくれるお客さんが少しずつ増えた。

私が何よりも重視したのは、対話。

正直、対話に掛ける時間の分だけ、売り上げが増えるわけじゃない。

でもリピートしてくれるお客さんは、前より増えたと思う。

それはデータを見て分析《ぶんせき》したのではなく。

私の服を嬉《うれ》しそうに着るお客さんが、増えたから。

その様子を撮った写真を貰うことが、増えたから。

貰った写真に写るお客さんの多くが、他にも写真を贈《おく》ってくれたから。

写真には、私が作ったその人だけの服が、一つとして被《かぶ》ること無く、そこにあった……。


時が過ぎ、Mebius World Onlineが正式サービスを迎えた日。

私はキャラクター作成時、以前とは違う自分であることを示すため、愛用の道具にちなみ名前をルレットに変えた。

この際ジョブも変えようと思っていると、ザグレウスが思わぬ提案をしてきた。

「本来ならば初期のジョブから選んで頂くのですが、よろしければルレットさん、貴女《あなた》には【羅刹女】を選んで頂けないでしょうか」

「あれは二次の特殊《とくしゅ》ジョブで、初期では選べなかったと思うけど？」

「仰《おつしや》る通りです。しかし、彼がどうしてもと言って、聞かないものですから」

「彼？」

「『借りはちゃんと返せ』、だそうですよ」

そう言って渡《わた》されたのは、彼に貸してもらったあのぐるぐる眼鏡。

レベルやアイテム含《ふく》め、βテストからの引継ぎは無いと、公式サイトには書かれていた。

だからもう、諦《あきら》めていたのに……。

言葉が声となるまで、かなりの時間を要した。

「………こんな特例、許していいの？」

「内部の確認《かくにん》は済んでいます。私はお二人の繋《つな》がりに、特例とするだけの価値を見出《みいだ》しました。ですが決めるのはルレットさん、貴女自身です」

「私は……」

手にした眼鏡を前に、少し間が空いたのは躊躇《ためら》いではなく。

この不意打ちめいた贈り物《もの》に、感情が追い付いてこなかっただけ。

一呼吸置き、私は答えを行動で示した。

「それが貴女の答えなのですね。私はその決断を尊重致《いた》します」

ザグレウスが言い終わるのと同時に、私は彼の眼鏡を掛けたルレットとなり、新しいMebius World Onlineの世界に降り立った。

βテストで培《つちか》ったノウハウを活かし、レベルを上げお金を稼《かせ》ぎ、ようやく好きな物が作れるようになった私は、真っ先にある物を作った。

それは彼の使い魔に似せた、ぬいぐるみ。

忠実に再現すべく全力を出した結果、生産仲間のマレウスに呆《あき》れられた。

技術の無駄遣いにも程がある、と。

素敵な感想をくれたので、後でお礼をしておいた。

ただし言葉ではなく、肉体言語によって……。

私は他にも幾《いく》つかぬいぐるみを作り、露店に並べた。

露店を開いたのは、敢《あ》えて人通りの少ない場所。

時折道行く人が眺《なが》めるけど、強さとは何の関係も無いぬいぐるみに、皆直《みんなす》ぐ興味を失い去って行く。

「当然の反応ですよねぇ」

名前も変えたことだし、眼鏡に合わせ口調も緩くしてみた。

「まぁ、自己満足だから構いませんけどぉ」

こっそり呟き、空を見上げその青さに目を細めていると、露店の前で一人の女の子が立ち止まった。

「か、可愛《かわい》い……」

きらきらとした目で見詰める先、その視線が一際集中していたのは、私が真っ先に作ったあのぬいぐるみだった。

「どうぞぉ、よければ手に取って可愛がってあげてくださいねぇ」

私がそう話しかけると、女の子はまるで宝物を扱うように、優《やさ》しくぬいぐるみを愛《め》でてくれた。

いけない、頬が緩んでしまう……。

言葉を交《か》わすうちに、私はその女の子、マリアさんに好意を持った。

迷わずあの子を選んだことだけでなく、マリアさんの持つ素直《すなお》さに惹《ひ》かれたのもある。

「マリアさん、よければその子を貰《もら》ってくれませんかぁ？」

気が付けば、私はマリアさんにそう言っていた。

理由は私にも分からない。

けどその時、私は彼の声を聞いた気がした。

いつか私の目を受け入れる者が現れると言った、彼の声が……。

あとがき

二巻をお手に取って頂いた皆様へ、まずは感謝を。ありがとうございます。特に一巻からお付き合い頂いている皆様には、感謝してもしきれません。

小説が、言葉を紡《つむ》ぎ編《あ》んだ物語とするならば、その言葉は多くの作品、そして皆様との出会いにより紡がれ、生まれたものです。ですから私にとって、本作は私の作品であると同時に、皆様の作品だと思っています。

今回も素晴らしいイラストを描いてくださった藻様、コミカライズを進めて頂いている綾瀬様、担当編集者小林様、背後で支援頂いたであろうN様。改めて御礼申し上げます。

また日頃応援頂いている皆様を、謝意と共にご紹介したいのですが、文字数の関係上代表して数名。時田翔様、アーナタト・ショーモネッガー様、柚木ゆず様、手紙《ファンレター》をお送り頂いた方、ＦＦⅩⅣアスラサーバのＦＣ　ＳＩＮＧの仲間達。いつも本当に、ありがとう！

最後に、三巻の発売が確定致しました。よろしければ引続き、お付き合いくださいませ。

２０２１年７月12日　風雲　空

2022年発売予定!

第2回
ノベルアップ+
小説大賞
大賞
ゲーム初心者の真里姉が行く
VRMMO
のんびり?体験記 2
Game syoshinsya no marinee ga iku vrmmo nonbiri taikenki
Mebius World Online
風雲空
illustration 藻

シリーズ最新3巻は

ゲーム初心者お姉ちゃんの
次なる冒険の地は
王都!!
マンガアプリ「マンガUP!」にて
10月1日より
コミカライズもスタート!!
▶漫画：綾瀬

HJ NOVELS
HJN55-02

Mebius World Online 2
～ゲーム初心者の真里姉が行くVRMMOのんびり？体験記～

2021年8月19日　初版発行

著者――風雲 空

発行者―松下大介
発行所―株式会社ホビージャパン
〒151-0053
東京都渋谷区代々木2-15-8
電話　03(5304)7604（編集）
03(5304)9112（営業）

印刷所――大日本印刷株式会社

装丁――AFTERGLOW／株式会社エストール

Printed in Japan

ISBN978-4-7986-2571-3　C0076

ファンレター、作品のご感想お待ちしております

〒151－0053　東京都渋谷区代々木2－15－8
(株)ホビージャパン HJノベルス編集部 気付
風雲 空 先生／藻 先生